고양이 부부
오늘은 또 어디 감수광

글·그림

루씨쏜(손빛나)

제주를 민화로 그리고 있는 동양화가 루씨쏜 Lucy sson입니다. 제주의 아름다움에 반해
제주에 정착하여, 제주 민화를 현대적으로 재해석하는 작업을 하고 있습니다.
'루씨쏜 아뜰리에'라는 제주 민화 갤러리를 오픈해서 그림 수업도 하고, 전시도 하면서
사랑하는 남편과 아기, 고양이 도롱이와 사는 이야기를 쓰고 그립니다. 제주와 한국화의
아름다움을 알리기 위해 다방면으로 노력하고 있습니다.

@lucysson_artist

제주에서
찾은 행복

고양이 부부
오늘은 또 어디 감수광

글·그림 루씨쏜

자음과모음

차례

프롤로그 ——————————————————— · 08

첫 번째 선물, 제주에서 만난 사계절

분홍 한라산을 본 적이 있나요? ——————— 분홍 한라산 · 14

매화가 전해준 이야기 ———————————— 매화나무 아래서 · 20

해바라기를 닮은 너 —————————— 해바라기 꽃밭에서 · 29

행복은 언제나 내 곁에 ——————————————— 원앙폭포 · 36

그곳에 가면 마음이 둥글둥글 ————————— 일월산방산도 · 42

가을이 오면 오름으로 가요 ——————————— 가을 오름 · 47

제주의 겨울이 아름다운 이유 ——————— 동백꽃이 날아와 · 53

동백꽃 아래에서 요가 하기 ————————— 동백꽃과 요가 · 57

한라산을 힘들지 않게 오르는 방법 ——————— 1100고지 · 64

인생의 모든 계절 ————————————— 제주의 네 가지 색 · 69

두 번째 선물, 나의 사랑 나의 가족

함께 달려주는 친구 ——————— **형제해안로 달리기** · 78

여름엔 호캉스를 떠나요 ——————— **호캉스** · 84

행복한 고양이 식당입니다 ——————— **고양이 식당** · 90

꾸준한 사랑하는 일 ——————— **사랑은 비를 타고** · 96

보랏빛 루비 목걸이 ——————— **제주 수국** · 101

삼나무처럼 살기 ——————— **부부 삼나무** · 107

우리에게 아기가 생긴다면 ——————— **말 가족** · 112

머리 쿵, 엄마의 마음 ——————— **머리쿵** · 118

당신과 그곳에 살고 싶다 ——————— **향설해** · 125

너와 나의 고향 ——————— **삼호도** · 131

세 번째 선물, 제주에서 만난 사람들

오늘도 조용히 치열하게 ———————— 제주 빨래터 · 136

해녀의 주름 ———————— Yellow age 제주해녀 1 & 2 · 142

물숨을 쉬는 사람들 ———————— 해녀도 · 148

제주엔 재주를 파는 사람들이 있다 ———————— 제주 플리마켓 · 154

제주엔 무지개 학교가 있다 ———————— 무지개 학교 · 159

선물 같은 인연 ———————— 물고기와 노는 세 아이 · 164

너와 나의 바다 ———————— 김녕바다 · 169

월령리의 노란 선인장 ———————— 무명천 할머니 · 174

사라진 상괭이 ———————— 상괭이 · 179

네 번째 선물, 슬기로운 섬 생활

캠핑이 좋아 ———————— 캠핑 · 186

제주의 여름 ———————— Island life · 191

보라 비 내리는 날 ———————— 보라비 · 197

나의 제주 작업실 ———————— 제주 작업실 · 202

숲에서 만난 한 줄기 빛 ——————— 사려니숲 · 210
다 함께 놀멍 쉬멍 ——————— 유유자적 · 216
자전거 타기를 좋아하는 이유 ——————— 자전거 타기 · 222
우리 둘이 카페 투어 ——————— 안빈낙도 · 226
파도에 맞설 용기 ——————— 승풍파랑 · 231
다시 만난 겨울 ——————— 소과도-귤과 고양이 · 237
우리는 더욱 단단해지는 중 ——————— 겨울 갤러리 · 243

다섯 번째 선물, 제주가 들려준 이야기

지금 이 순간의 행복 ——————— 파라다이스 제주 & 문자도 · 248
그림 속 기억을 걷다 ——————— 신성산관일도 · 256
그저 함께 꽃을 바라보는 것만으로도 ——————— 메밀꽃밭에서 · 263
오늘도 폭삭 속았수다 ——————— 문자도 제주 · 269
초록으로 우거진 숲에서 ——————— yellow age 곶자왈에서 · 275
달이 머무는 바다 월정리 ——————— 고래가 될 · 281
공존의 제주 ——————— 제주 도圖 · 288
나의 무릉도원을 찾아서 ——————— 무릉도원 제주 · 295

에필로그 ——————————— · 300
추천사 ——————— 이원하 시인 · 303

제주의 선물

발길이 어디를 향하든 그 끝에는 항상 바다가 있다. 답답한 마음
에 바다를 찾을 때면 내가 섬에 살고 있다는 사실이 새삼 고맙다.

하얀 달이 까만 금능바다 위를 떠다니던 어느 여름밤, 바다에
조심스럽게 몸을 담갔다. 달이 사방으로 흩어졌다. 너무나 고요해
서 몸을 움직일 때마다 떨어지는 물방울 소리가 유난히 크게 들렸
다. 별을 품은 물방울들은 수면에 원을 그리며 이내 사라졌다. 저
마다 다른 빛깔을 가진 제주의 바다와 함께하는 여름은 그렇게 매

일 행복하다.

　2015년 겨울, 우리는 오랜 해외 생활을 정리하고 제주 남쪽의 조용하고 작은 시골 마을로 이주했다. 이주와 동시에 가장 추운 겨울이 찾아왔다. 사철 따뜻할 것이라는 예상과 달리 그해 제주는 32년 만에 어마어마한 폭설이 쏟아졌다. 제주의 칼바람은 겨우내 오래된 우리 집의 창문들을 마구 흔들어댔다. 이웃들과도 데면데면 스쳐 가기만 했다. 제주의 억센 바람만큼 사람들도 차갑게 느껴졌다. 섬 속의 섬에 고립된 것 같은 기분이었다. 갈 곳도 만날 사람도 없는 제주에서 보낸 첫 겨울은 그렇게 힘들고 느리게 흘러갔다.

　남편이 일하러 나가면 내 곁을 지키는 건 작은 아기 고양이 도롱이뿐이었다. 도롱이는 그해 제주에서 태어난 아기 고양이인데, 우리는 따뜻하다는 뜻의 '맨도롱'이라는 제주어 이름을 붙여주었다. 모든 것이 낯설고 외로웠던 우리에게 도롱이는 그 이름처럼 온기가 되어주었다.

　그리고 봄이 찾아왔다. 차갑게만 느껴졌던 이웃들은 별말 없이 우리 집 문 앞에 한라봉과 채소 같은 것들을 두고 가기 시작했다. 제주 사람들은 섬이라는 지리적 특성상 새로운 사람에 대한 낯가림이 심하다는 것을 살면서 천천히 알게 되었다. 제주 이웃들은 겉으로는 투박하지만, 사실은 안에 뜨거운 온기를 품고 있는 까만 현무암과 닮아 있었다.

제주에서 그렇게 6년, 여섯 번의 겨울을 보냈다. 나는 제주에 살면서 철마다 아름다운 풍경과 따뜻한 사람들 그리고 흥미로운 이야기들을 선물받았다. 그리고 어느새 그 속에 녹아들어 그들과 함께 살아가는 나를 발견할 수 있었다. 문득 제주에게 받은 선물을 다른 이들과 나누고 싶다는 생각이 들었고, 제주를 가장 잘 담을 수 있는 나만의 방법이 무엇일까 고민했다. 그러나 아무리 생각해 봐도 내게는 그림뿐이었다. 나는 상자 속에서 먼지 쌓인 물감을 꺼 냈다.

결혼과 함께 시작된 이민 생활은 무척 고단했고, 붓의 무게까지도 무겁게 만들었다. 그렇게 놓았던 붓을 다시 들 수 있도록 용기를 준 건 남편이었다. "이제 한국에 왔으니 다시 그려보는 것이 어때?" 그의 따뜻한 말 덕분에 나는 다시 붓을 잡게 되었다.

동양화를 전공한 나는 자연을 닮은 따뜻한 종이인 한지 위에 제주 민화를 그리기 시작했다. 한지와 민화는 소박하고 따뜻한 제 주를 표현하는 데 가장 걸맞은 재료와 방법이라는 생각이 들었다. 자신만의 레시피와 스타일로 자유롭게 요리하는 남편처럼, 오일장에서 보았던 질박한 도자기 그릇 같은 소박한 민화에 나만의 레시피대로 맛있게 만들어 담아내고 싶었다. 그렇게 다시 시작한 그림은 혹독했던 제주에서의 첫 겨울을 견딜 수 있게 해주었고, 소규모의 미술 수업을 시작하면서 제주의 다양한 사람들을 만날 수 있게 되었다.

나의 그림 속에는 우리를 꼭 닮은 고양이 두 마리가 등장한다. 이들은 제주의 이곳저곳을 자유롭게 유랑한다. 고양이 부부와 함께 제주를 한 바퀴 돌아보는 시간을 통해 나는 나의 제주를 완성할 수 있었다. 제주 억새밭의 바람 소리, 금능 밤바다에 고인 달빛, 곶자왈의 울창한 나무 사이로 스미는 햇살, 위미리의 벚꽃 향기, 바다 맛이 나는 뿔소라 한 접시…. 좋은 영감으로 가득 차 있는 제주를 담아내기 위해, 나는 온 감각으로 제주를 느끼며 매일매일을 제주로 가득 채웠다. 그렇게 느리지만 정성으로 그리고 엮은 마흔여덟 가지의 제주가 한 권에 모였다. 작은 바람이 있다면, 고양이 부부의 안내를 받으며 제주를 여행하는 편안한 기분으로 이 책을 봐주셨으면 좋겠다.

제주에 온 이후로, 나는 가득 찬 매일을 산다.

당신에게 나의 제주를 보낸다.

오늘도 나는 많이 행복하다. 당신도 그랬으면 좋겠다.

루씨쏜(손빛나)

첫 번째 선물, 제주에서 만난 사계절

분홍 한라산을
본 적이 있나요?

분홍
한라산

제주도는 전국에서 가장 먼저 봄꽃이 피는 곳이기도 하지만, 봄의 마지막을 장식하는 것 역시 제주의 꽃이다. 다른 지역의 봄꽃들이 모두 질 무렵 한라산은 분홍빛 물이 든다. 한라산에서만 볼 수 있는 털진달래가 분홍빛 봄의 시작을 알리고, 가장 늦게 피는 산철쭉이 피날레를 장식한다. 사계절 모두 아름답지만 봄의 마지막 선물을 만날 수 있는 이 시기의 한라산은 더욱 아름답다.

한라산의 특별함은 가파른 구간이 계속되다가 갑자기 등장하

14

〈분홍 한라산〉, 32×32cm, 한지에 채색, 2018

는 들판에 있다. 이 들판의 정체는 이름도 어여쁜 진달래 대피소다. 가파른 길을 오르다가 이곳을 발견하게 되면 천상의 휴게소를 만난 것처럼 반갑다. 늦봄의 대피소는 분홍빛 물결이 끝없이 펼쳐져서 흡사 지상낙원처럼 느껴진다.

분홍빛 꽃길을 그와 말없이 나란히 걸었다. 매사에 열정이 넘치고 호기심이 많은 나는 앞장서서 가고, 신중하고 배려심 많은 그는 내 뒤를 조용히 따른다. 마치 우리의 인생길 같은 그 길은 오르막의 고단함이 잊힐 정도로 아름다운 꽃길이었다.

호주로 떠날 예정이었던 우리는 스몰 웨딩을 계획했다. 말만 스몰이고 값비싼 스몰 웨딩이 아니라 정말 꼭 필요한 것만 준비하기로 했다. 웅장한 결혼식장이나 패물도 우리에겐 필요하지 않았기에, 주례와 혼수를 모두 생략하고 결혼반지만 맞췄다. 식장 대신 작지만 격식 있고 단정한 레스토랑을 예약했다. 정작 우리가 신경쓴 것은 따로 있었다. 신혼여행이었다. 돈을 꼭 써야 한다면 비싸고 잘 사용하지도 않는 보석이나 남에게 보이기 위한 드레스보다는 오로지 우리를 위한 것, 일생에 단 한 번뿐인 신혼여행에 쓰고 싶었다. 신혼여행지는 내가 늘 꿈꿔왔던 아프리카로 가기로 했다.

우리의 신혼여행지가 아프리카가 된 이유는 여행을 좋아하는 나의 단순한 호기심도 있었지만, 천국 같은 휴양지를 고른다면 현실로 돌아오는 순간 마법이 풀린 신데렐라와 같은 기분을 느낄 것 같았기 때문이다. 그보다는 모든 면에서 지금보다 불편하고 힘든 곳이면 좋겠다고 생각했다. 어려운 상황을 겪으며 함께 부딪히고 고생하다 돌아오면, 현재에 더욱 감사하는 마음을 가질 수 있고 우리 두 사람도 더 끈끈해지리라 생각했다. 부부로서의 첫 여행은 그런 고단한 인생길 같은 여행이면 좋겠다고 생각했다. 호주에서의 거주 경험 외에 다른 해외 경험이 없던 남편은 나의 제안에 조금 놀라긴 했지만, 흔쾌히 동의해주었다.

물론 아프리카에도 휴양지는 있다. 아프리카의 휴양지만 골라다니는 신혼여행 패키지도 많았지만 나는 좀 더 다양한 모습의 아프리카를 경험하고 싶어서 배낭여행을 선택했다. 그러나 아프리카는 치안이 불안하고 이동 수단을 찾기도 어려워서 그룹 여행을 해야만 했다. 결국, 우리가 최종 선택한 것은 한 달 동안 비행기를 타지 않고 오로지 차와 기차로 케냐에서 남아공까지 7개국을 돌아보는, 자유여행과 패키지여행이 적절히 섞인 여정이었다.

결혼식을 마친 우리는 아프리카로 떠났다. 여행 초반은 예상과 비슷했지만 다른 부분도 많았다. 우리는 불이나 전기가 없는 불편하고 더러운 곳에서 생활했고 잘 씻지도 못했다. 소매치기에 긴

장해야 했고, 야생동물들에게 위협을 느끼기도 했고, 음식이 맞지 않기도 하고 여행 중간에 몸이 아프기도 했다. 불편한 상황 때문에 인내심이 끊어지기도 했고 미처 알지 못했던 서로의 단점을 발견하고 싸우기도 했다. 신혼여행지에서 이혼을 결심한 부부가 있다는 그 믿기지 않는 말이 이해되는 순간이었다. 이래서 신혼여행은 평화로운 휴양지로 가는구나, 하고 잠시 후회하기도 했다. 그러나 후회도 잠시, 우리는 자연스럽게 화해하고 서로에게 의지하며 여정을 함께해나갔다.

한 달간 우리는 놀랍도록 멋진 풍경을 두 눈과 마음에 담으며 평생 잊지 못할 추억을 쌓아갔다. 작은 것에도 감사하고 행복하게 사는 아프리카 사람들을 보면서, 인생에 위기를 맞거나 힘들 때 우리가 어떻게 살아야 할지에 대한 삶의 방향성을 함께 고민할 수 있었다. 지치고 힘들 때마다 나타나는 보석과도 같은 풍경, 뒤에서 말없이 밀어주는 나의 옆지기가 있었기 때문에 나는 다시 힘을 내서 계속 걸을 수 있었다.

사람들은 흔히 "꽃길만 걸으세요" 하고 말한다. 행복하라는 뜻이지만 과연 꽃길만 걷는다고 무조건 행복할까? 가파른 언덕을 넘어왔기에 꽃길이 더 소중하고 아름답게 느껴지는 것은 아닐까. 그 아름다워 보이는 꽃길에 핀 꽃들조차 한라산의 거센 바람을 이기기 위해 털을 세우며 그리도 필사적으로 살아간다. 지금이 소중한 건 우리가 함께 오른 그 가파른 언덕 때문이다. 지금의 꽃길이 아름다운 것은 거친 바람을 이겨낸 꽃이 있기 때문이다.

*

어느 날 전시된 〈분홍 한라산〉 작품 앞에서 남몰래 울고 있는 남편을 보았다. 곁에 다가가니 그는 이렇게 이야기했다.

"너무나 우리 이야기 같아서….'

말하지 않아도 다 아는 나의 다정한 길동무. 나의 사랑.

매화가
전해준 이야기

  기나긴 겨울의 끝자락, 제주에는 매화 축제 소식이 들려왔다. 매화는 봄이 왔음을 제일 먼저 알리는 꽃으로 (마라도를 제외한) 대한민국 최남단인 서귀포에서부터 피기 시작한다. 나는 설레는 마음으로 휴일이 찾아오기만을 손꼽아 기다렸다. 꽃을 보는 일이 뭐 그리 대단한가 싶지만 내게는 의미가 있다. 지루하리만치 기나긴 겨울을 보낸 뒤에 맞이한 봄의 첫 꽃을 마중 나갈 생각을 하니 미개봉 영화를 가장 처음으로 보는 팬처럼 설레었다.

〈매화나무 아래서〉, 25×25cm, 한지에 채색, 2018

동양화과에 갓 입학한 신입생 시절, 사군자를 배우면서 지겹도록 보고 그린 것이 매화였다. 그런데 제주에서 본 매화는 그때와는 느낌이 사뭇 달랐다. 나도 모르게 '이렇게 아름다운 꽃이었나' 하고 감탄했다. 하늘을 향해 뻗어 있으나 공격적으로 느껴지지 않는 매화나무 가지에는 특유의 곧은 기개와 기품이 느껴졌다. 가지를 따라 시선을 옮기면 새하얗기도 하고 연분홍빛이 돌기도 하는 작은 꽃들이 팝콘처럼 팡팡 터져 나와 있는 것을 볼 수 있다. 꽃잎이 오밀조밀 작고 은은한 매화는 화려하진 않지만 봄의 설렘을 대변하기에 충분했다.

매화가 눈처럼 하얗게 떨어지는 길을 걷다 보면 그 향기에 절로 취한다. 고서에는 종종 '梅一生寒不賣香(매일생한불매향)'이라는 구절이 나온다. 매화는 한평생 추운 겨울에 꽃을 피우지만, 향기를 팔지 않는다는 뜻이다. 참 멋진 구절이다. 추운 겨울을 보내면서도 팔지 않고 소중히 지켜낸 나만의 향기는 무엇일까, 하고 잠깐 생각에 잠겼다.

대학 졸업 후 그림을 손에서 놓지 않으려 부단히 노력하며 살았다. 큐레이터도 해보았고, 아이들을 가르치는 화실을 운영하기도 했다. 언제나 그림이라는 틀 안에서 생계를 유지하려고 노력했다. 돈 생각하면 작가를 오래 못 한다고 흔히 말하지만, 아이러니하게도 모두가 돈 때문에 그림을 그만두었다. 돈이 너무 많아도 혹은 너무 없어도 하기 어려운 것이 예술이라 했던가. 정말 그랬다. 누군가는 돈이 많아져서 그림을 그리지 않았고 누군가는 형편이 너무 어려워서 그림을 그리지 못했다.

그렇게 친구들은 하나둘 취업을 하거나 사업을 하며 그림과 관련 없는 직업을 갖기 시작했다. 그래서 오랜만에 만나는 동기들은 나를 보고 놀란다. "네가 아직도 그림을 그리고 있다고?" 놀기 좋아하고 눈에 잘 띄지 않던 내가 졸업 후에도 진지하게 계속 그림을 그리고 있으리라고는 아무도 예상하지 못했던 것이다. 스스로 생각해보면 다른 이들처럼 완벽을 추구하지 않고 그림 자체를 즐겁게 받아들였기에 지금까지 그림을 그릴 수 있었던 것이 아닐까 싶다. 주변을 둘러보면 천재성이 보이거나 실력이 뛰어나 주목받던 사람들은 사라지고 꾸준히 열심히 그림을 그리는 사람들만이 남아 있다.

미대에는 여학생의 수가 훨씬 많지만 정작 실제 작품 활동을 하는 화가는 남자가 더 많다. 여자 작가는 결혼과 동시에 그림을 그만두는 경우가 많기 때문이다. 아기를 낳으면 더욱더 그렇다. 안정적인 벌이와는 거리가 있는 작가라는 직업은, 집안일과 육아에 비해 항상 우선순위가 낮다. 그래서 나는 한때 비혼을 생각하기도 했다. 그림은 나 자신이었고 내가 곧 그림이었다. 다행히 남자친구는 내 일을 지지해주고 존중해주었다. 그 남자친구는 지금의 남편이 되었고, 그는 여전히 나의 일을 응원해주고 있다.

　물론 결혼 후 예전처럼 그림을 계속 그릴 수 있었던 건 아니다. 남편을 따라 호주로 이민을 가면서 계획했던 회화가 아니라 디자인을 전공해야 했고, 동시에 생활비를 벌기 위해 식당 일을 해야 했다. 그럼에도 나는 내가 그림 그리는 사람임을 언제나 잊지 않으려 했다. 집 차고에, 베란다 귀퉁이에 작은 작업실을 만들어두고 작업을 이어갔다. 중요한 것은 환경이 아니라 나의 마음이라 여겼다. 마음에서 그림이 멀어지지 않도록 되새기며 틈나는 대로 그림을 그렸다. 그러나 타국에서 작품 활동을 이어가는 것은 쉽지 않았고, 펼쳐놓은 그림 재료에는 나날이 먼지만 쌓여갔다.

　이후 우리는 치열했던 이민 생활을 정리하고 제주에 정착했다. 제주에 와서 몸과 마음에 여유가 생긴 어느 날, 몇 년 만에 다시 그림을 그려야겠다고 생각했다. 그러나 오랫동안 사용하지 않은 물감처럼 머리와 손가락이 딱딱하게 굳어 있었다. 오직 나만이 그

길을 알고 있었기 때문에 누구에게 배울 수도 없었다. 나는 다시 혼자 그리기 시작했다. 여태 그리지 못한 한을 풀듯 그리고 또 그렸다. 너무 재미있어서 밤에 잠도 자지 않고 그렸다.

호주에서의 생활과 디자인 공부는 동양화를 새로운 시각으로 접근할 수 있는 밑바탕이 됐다. 해묵은 숙제처럼 오래 품고 있었던 전통의 현대화에 대한 고민도, 멀리 떠났다 돌아오니 어렴풋하게 나마 풀리는 듯했다. 게다가 제주에서의 생활은 모든 것이 영감이었다. 나는 무엇보다 다시 그림을 그릴 수 있음에 감사했다.

이후 점점 내 작품을 원하는 사람들이 많아졌고, 수업을 듣기 위해 사람들이 삼삼오오 우리 집으로 모여들었다. 제주에서 그림으로 수익이 생겨나기 시작했다. 그 덕에 나는 계속 작가 활동을 이어나갈 수 있게 됐다.

그러나 나에게는 출산과 육아라는 다음 관문이 기다리고 있었다. 우리 부부는 아이 없이 8년을 살았고, 아이를 원하는 남편의 뜻을 더 이상 모른 척할 수는 없었다. 노산이라는 걱정이 있었지만 차근차근 준비를 했고 감사하게도 바로 아기가 생겼다.

나는 임신 중에도 전시와 수업을 쉬지 않고 더 열심히 일했다. 막달까지도 전시와 라디오 인터뷰를 위해 서울을 오고 갔다. 사람들은 남산만 한 내 배를 보고 대단하다며 혀를 찼다. 다리도 붓고

피곤했지만 적당한 활동과 그림 그리기는 좋은 태교라며 스스로를 다독였다.

　사실, 나는 코앞으로 다가온 출산보다 출산 이후를 더 걱정하고 있었던 것 같다. 일정한 수익과 별도의 공간이 없다면 육아와 그림을 병행하기 어려울 것이라는 생각이 들었다. 나는 오랜 염원을 현실화하기로 마음먹고 부지런히 움직이기 시작했다. 그렇게 해서 출산 전에 바다가 보이는 고즈넉한 곳에 나의 아틀리에를 오픈할 수 있었다. 이전 작업실과는 비교할 수 없을 정도로 크고 과분한 곳이었다.

　출산 후 나는 바로 아틀리에로 출퇴근을 했다. 아침에는 일하고 오후에는 작업하고 저녁에는 아기를 돌봤다. 체력적으로 힘들었지만 무엇보다 힘든 건, 아직 돌도 지나지 않은 아기를 두고 나오는 것이었다. 나의 욕심 때문에 아기를 힘들게 하는 건 아닌지 죄책감이 들고 마음이 아팠다. 그러나 이내 마음을 굳게 먹기로 다짐했다. 아기와 나는 함께 성장하는 것이라고. 내가 행복해야 아기도 행복하다고.

　작가로 산 지 어느덧 10년 남짓이 되었다. 누군가는 내게 좋아하는 일을 해서 좋겠다고 말한다. 그러나 나는 지금도 좋아하는 일한 가지를 하기 위해 열 가지 일을 포기하며 산다. 개인적인 생각으로 좋아하는 일을 계속하기 위해서는 직업과 취미와 삶이 모두 하나가 되어야 한다. 게으른 사람도 예술가가 될 수 있지만 게을러서는 예술가로 살아남을 수 없다.

내 나이대에 전업 작가로 사는 여성은 많지 않다. 자연히 고민을 나눌 이도 많지 않다. 그래서일까, 아직 피지 않은 꽃들 사이에 홀로 피어 있는 매화는 아름답지만 외로워 보인다. 나는 매화처럼 나의 향을 지키기로 한다. 그림은 내가 평생 지키고 싶은 나의 향이다. 겨울바람이 매섭다 해도 나는 나의 향기를 지키며 살 것이다. 봄은 반드시 온다. 나는 그 봄에 나의 꽃봉오리를 멋지게 터뜨려 세상에 그 향을 멀리 퍼뜨릴 것이다. 단단하고 곧은 자세로 나의 겨울을 맞는다. 언젠가 올 봄을 기다리며.

*

꽃잎이 날리는 공원에 나란히 앉아, 푸드트럭에서 사 온 큐브
스테이크를 먹는다. 매화 향과 스테이크 향이 뒤범벅되어 매화를 먹는
것인지 스테이크를 먹는 것인지 아리송하다. 매화가 흩날릴 때마다
다시 떠오를 그날의 장면.
하얀 꽃바람과 함께 날아온 추억은 행복이 되고, 삶의 원동력이 된다.
매화 향 가득한 향긋한 추억은 겨울을 잘 이겨내고 새로운 봄을

맞이할 수 있는 힘을 선물한다. 부드러운 바람을 타고 온 매화가
조용히 속삭인다.
"봄이 왔어"라고.

해바라기를
닮은 너

여름 하면 떠오르는 꽃, 그건 아마 해바라기가 아닐까? 한여름 제주 들판 이곳저곳을 가득 메우는 해바라기는 이름뿐만 아니라 생김새도 태양을 닮았다. 내가 제주에서 만난 최초의 해바라기는 애월에 있는 항파두리 항몽유적지의 해바라기다. 사실은 양귀비꽃이 예쁘게 피었다고 해서 찾아갔는데 양귀비는 이미 진 상태였고, 해바라기만이 저만치 서서 우리를 바라보고 있었다. 기대했던 양귀비를 보지 못해 아쉬움이 가득한 내게 해바라기는 눈에 들어오지 않았다. 그래도 여기까지 왔으니 해바라기라도 보자는 심정으로 터덜터덜 발걸음을 옮겼다. 해바라기는 흔히 볼 수 있는 꽃이라는 생각에 도무지 관심이 가지 않았다. 그러다 문득 내가 해바라기를 한 번이라도 제대로 본 적이 있었나, 하는 생각이 들면서 약간 호기심이 생겼다.

가까이에서 본 해바라기는 정말 예뻤다. 흔하다고 해서 어찌 그 가치가 없을까. 길가에 아무렇게나 핀 들꽃이 꽃집에서 비싸게 사 온 꽃다발보다 더 아름다울 때가 있다. 개인적으로도 도시를 벗어나 자연에 핀 꽃을 보는 것을 더 좋아하는데, 밝은 태양을 닮은 해바라기 역시 그 색이나 모양이 더 선명하게 느껴졌다. 그 명랑한 노란색은 보는 사람으로 하여금 기분 좋아지게 하는 매력이 있었다. 양귀비를 보지 못한 아쉬움은 어느새 저 멀리 사라져버렸다. 그동안 해바라기의 매력을 잘 알지 못했던 것이 아쉽게 느껴질 정도였다. 해바라기에서 마음속 어두운 부분까지 모두 밝혀줄 것처럼 밝고 건강한 에너지가 느껴졌다.

해바라기를 보면 항상 떠오르는 친구가 있다. 인생의 절반을 함께한 친구인 그녀는 인간 해바라기라고 할 수 있다. 해바라기처럼 주변을 환하게 밝히고 어디서든 존재감을 드러내는 그런 사람.

〈해바라기 꽃밭에서〉, 32×33cm, 한지에 채색, 2019

그녀는 여자든 남자든 한번 친해진 사람과는 끝까지 의리를 지키는 곧은 심성의 소유자이기도 했다.

그러고 보면 해바라기는 보통 여러 송이를 다발로 만들지 않는다. 꽃집에서도 해바라기 한 송이만 심플하게 포장하는 것이 대부분이다. 안개꽃까지 대동하는 다른 꽃에 비하면 다소 초라해 보일 수 있으나 해바라기는 혼자서도 충분히 존재감이 있다. 그런 해바라기처럼 그녀는 늘 혼자서도 꿋꿋하고 강인했다.

주얼리 디자인을 전공한 그녀의 주얼리 사랑은 대단했다. 20대 때 그녀는 어디서든 자신의 아이디어 스케치를 펼쳐 보였다. 대화 상대가 누구든 주얼리를 주제로 몇 시간씩 이야기할 수 있을 만큼 열정이 넘쳤다. 혼자 힘으로 10년 넘게 주얼리 사업을 했고, 지금은 자신의 브랜드를 론칭해 서울에서 두 개의 숍을 운영하는 어엿한 사장님이 되었다.

그녀와 나는 초등학교 5학년 때 미술학원을 함께 다니면서 알게 된 사이로, 벌써 26년이 넘는 인연이다. 물론 항상 가까웠던 건 아니었다. 외국 생활과 제주 정착 그리고 출산까지 나도 그녀도 서로 살기 바쁘다 보니 연락도 만남도 뜸해졌다. 삶의 모습이 달랐기에 당연히 공감할 수 있는 이야기도 줄어들었다. 그래도 그녀와 나 사이에 변치 않는 것도 있었다. 무슨 일이 있을 때면 늘 서로를 생각하고 걱정하고 응원해주는 것이었는데, 누구 하나가 아무리 바쁘다고 해도 서로의 생일과 중요한 이벤트는 꼭 챙겼다. 오래 연락을 하지 않아도 어색하지 않고 어떤 상황에서도 서로를 믿어주는 사이, 그것이 그녀와 나의 사이였다.

어느 날, 그녀가 제주에 여행을 왔다. 10여 년의 연애 끝에 결혼한 남편과 함께였다. 그녀의 남편 역시 그녀처럼 해바라기를 닮은 우직한 사람이었다. 부부끼리 자주 교류를 해왔지만 함께 여행하는 것은 처음이어서 무척 설렜다. 이들 부부와 제주의 어디를 가면 좋을까 고민하다가, 제주의 해바라기를 꼭 보여주고 싶어서 해바라기 농장에 갔다. 꽃놀이의 핵심은 시기를 잘 맞춰 가야 하는 것인데 우리는 아쉽게도 시기가 맞지 않았다. 시들시들한 해바라기를 보게 되어 많이 아쉬웠지만 네 사람이 함께 해바라기를 바라볼 수 있다는 것에 감사했다. 지금 우리가 함께라는 사실이 더 중요했다. 게다가 그녀는 작은 것에도 감동을 잘하는 성격이어서 분위기는 시끌벅적했다. 시든 해바라기를 보고도 강아지처럼 이곳저곳을 뛰어다니며 좋아하는 그녀 덕분에 모두 한바탕 웃을 수 있었다.

성격은 달라도 취향만큼은 무척 닮은 사람들이 있다. 그녀와 내가 바로 그런 사이였다. 우리는 빈티지와 여행을 좋아했고 예술

적인 것을 동경했다. 우리의 관계가 오래 유지될 수 있었던 이유
는 비슷한 취향 덕분이라기보다는 성격이 완벽히 달랐기 때문인지
도 모르겠다. 차분하고 신중한 나는 비유하자면 고양이 같은 성격
이었고, 밝고 섬세하며 적극적인 성격의 그녀는 강아지 같은 성격
이었다. 함께 진학한 예술고등학교에서도 전공이 완전히 달랐다.
나는 전통적이고 부드러운 동양화를, 그녀는 섬세하고 세련된 주
얼리를 선택했다. 지금도 우리의 '다름'은 이어지고 있다. 나는 제
주도 시골에 살고, 그녀는 서울 한복판에서 산다. 이렇게 다르지만
같고 같지만 다른 여러 이유들이 우리를 더 끈끈하게 만든다.

평소에도 주얼리에 관심이 없던 나는 제주에 내려와 편한 옷
차림을 하게 되면서 더욱 주얼리와 멀어졌다. 그런 내게 그녀는 아
주 오래전부터 예쁜 주얼리를 선물해주곤 했다. 내가 가진 주얼리
의 대부분이 그녀가 준 것이라고 할 수 있다. 직접 만든 반지부터
아기를 지켜준다는 원석 목걸이까지. 그녀가 내게 준 주얼리를 쭉
나열해 이야기로 엮는다면 그것 그대로 나의 인생 스토리가 되지
않을까 싶다. 인생 전반에 걸쳐 함께 희로애락을 나누고, 부족한 것
이 많은 나를 포기하지 않고 있는 그대로 바라봐주는 친구는 아마
도 그녀뿐일 것이다. 이따금 환하게 피어 있는 해바라기를 바라보

며 생각한다. 앞으로도 서로의 태양이 되어주면서 지금처럼 함께 행복하자고.

*

해바라기를 닮은 나의 친구야, 지칠 때면 언제든 놀러 와.

함께 해바라기꽃 보러 가자.

행복은 언제나
내 곁에

제주엔 정말 많은 폭포가 있지만, 나는 거의 가본 적이 없었다. 폭포나 동굴에 가는 것이 틀에 박힌 여행을 하는 것처럼 느껴져서 별로 좋아하지 않았기 때문이다. 그런데 어느 날 우연히 한 장의 폭포 사진을 보았다. 그 사진은 내 마음을 흔들어놓기에 충분했다. 평소 라오스의 블루라군(탐푸캄)을 동경하던 나는 파란 빛깔을 자랑하는 원앙폭포의 모습에 금세 매료되고 말았다.

〈원앙폭포〉, 72.5×60cm, 한지에 채색, 2016

머리 꼭지까지 태양 볕이 파고드는 무더운 여름날. 나는 시원한 폭포를 보러 가기 위해 남편과 함께 집을 나섰다. 먼 거리는 아니었지만 원앙폭포로 가는 길은 조금 험난했다. 누군가 꼭꼭 숨겨 놓은 듯 감춰져 있는 폭포를 향하는 길이 멀게만 느껴졌다. 조금만 걸어도 땀이 폭포수처럼 흘러내렸고 티셔츠가 흠뻑 젖었다. 두 사람 중 누가 먼저였는지 모르지만, 시원한 풍경을 찾아왔는데 오히려 더 더워졌다며 투덜대기도 했다.

더위를 꾹 참고 걷고 있는데, 이번엔 아찔할 정도로 가파른 계단이 등장했다. 고비가 왔지만 이제 와 포기할 수는 없어서 계단을 내려갔다. 그러자 우거진 녹색 수풀 사이로 시원한 물소리가 들렸다. 마침내 눈앞에 드러난 폭포의 모습은 상상 속 그대로였다. 나는 민물이 바다 빛깔을 띨 수 있다는 것을 그날 처음 알게 되었다. 투명하게 고인 에메랄드빛의 계곡물과 두 개의 작은 폭포에서 떨어지는 맑은 물소리. 나란히 흐르는 폭포수를 보니 원앙폭포라는 이름으로 불리는 이유를 알 것 같았다. 그 귀여운 명칭을 생각하니 나도 모르게 얼굴에 미소가 번졌다.

세계 3대 폭포로 알려진 아프리카의 빅토리아폭포를 본 적이 있다. 폭포는 두 나라의 국경에 걸쳐 있을 만큼 거대했다. 우레와 같은 커다란 소리를 내며 억수같이 쏟아지는 폭포수가 먼 거리를 날아와 온몸을 적셨다. 빅토리아폭포라는 거대한 자연 앞에서 우리는 숙연해졌다.

그에 비하면 원앙폭포는 폭포라고 불리기 민망할 정도로 작고 아담하다. 두 개의 물줄기가 사이좋게 나란히 흐르는 원앙폭포는 작지만 특유의 소박한 아름다움이 있다. 그 다정한 모습을 바라보고 있으면 허덕이던 숨은 어느덧 제자리로 돌아오고 마음이 편해진다. 이렇게 마음이 편안해지는 순간은 참 소중하다. 원앙폭포 덕분에 편안한 상태, 편안한 마음에 대한 소중함을 새삼 깨닫게 된다.

어렸을 땐 한국이 지겨웠고, 늘 새로움을 동경했다. 채워지지 않는 그 무언가를 찾아 세계 여러 곳을 누비고 다녔다. 그러다 호주에서 남편을 만나 결혼을 했다. 나의 이민 생활은 그렇게 시작되었다. 어마어마한 대자연을 보았고 수많은 나라의 사람들을 만났다. 행복하고 놀라운 경험이었지만 늘 마음 한구석 어딘가가 불편했다. 호주에 살아서 좋겠다거나 부럽다고 말하는 이도 많았지만 현실은 좋지 않을 때가 더 많았다. 그곳에서 우리는 늘 이방인이었다. 도무지 익숙해지지 않는 낯섦과 외로움이 우리의 유일한 친구이자 가족이었다.

한국으로 돌아온 우리는 그 누구의 고향도 아닌 제주로 향했다. 특별한 이유는 없었다. 제주에선 왠지 살 수 있을 것 같은 생각이 들었다. 천성이 즉흥적이고 죽이 잘 맞는 우리 부부는 특별한 이유 없이 그렇게 제주행을 결정했다.

묵직한 이민 가방을 들고 도착한 제주의 첫인상은 낯설거나 어색하다기보다는 그저 따뜻했다. 그것은 서울보다 높은 기온 때문일 수도, 공항에서 마주한 돌하르방의 인자한 미소 때문일 수도 있겠다. 따뜻하고 편안한 제주의 모습에 우리는 안도했다. '내 나라에 돌아왔구나, 따스한 제주에 우리가 와 있구나' 하는 생각에 굳었던 마음이 부드럽게 풀어졌다. 여행도 좋고 5성급 호텔방도 좋지만 작지만 포근한 내 방이 백배 더 좋은, 그런 기분이었다. 돌고 돌아 도착한 이곳에서 알게 되었다. 소중한 것은 그리 멀리 있지 않다는 것을.

*

하늘이 푸른빛을 계곡물에 모두 양보하고 나면 분홍빛 노을이 하늘에 스민다. 다정한 원앙폭포 주변엔 외로운 이가 없다.
새도 고양이도 사슴도 모두 자기 짝꿍이 있다.
마치 공항에서 나의 귀국을 반갑게 맞아주는 가족처럼, "돌아온 것을 환영한다"며 원앙폭포가 내게 다정히 속삭였다. 그리고 그 아름다운 푸른빛으로 우리의 지친 마음을 어루만져주었다. 그렇게 우리는 제주의 따스한 품에 안겼다.

❀

나는 떠날 때부터 / 다시 돌아올 걸 알았지

눈에 익은 이 자리 / 편히 쉴 수 있는 곳

많은 것을 찾아서 / 멀리만 떠났지

난 어디 서 있었는지

하늘 높이 날아서 / 별을 안고 싶어

소중한 건 모두 / 잊고 산 건 아니었나

이젠 그랬으면 좋겠네

그대 그늘에서 / 지친 마음 아물게 해

소중한 건 옆에 있다고

먼 길 떠나려는 / 사람에게 말했으면

— 조용필, 〈**이젠 그랬으면 좋겠네**〉(1990)

그곳에 가면
마음이 둥글둥글

쉬는 날이면 우리 부부는 제주의 서쪽으로 달려간다. 산방산을 보기 위해서다. 우리가 사는 제주 남쪽 서귀포 시내에서 산방산까지는 차로 40분, 꽤 거리가 있지만 우리는 언제나 그곳으로 달려갈 준비가 되어 있다. 시원하게 펼쳐져 있는 사계해안도 좋고 그 바다를 보며 달릴 수 있는 형제해안로도 좋지만, 그곳을 찾는 진짜 이유는 산방산에 있다.

한라산 가까이에 살아서 매일 산을 마주하고 살지만 산방산은

〈일월산방산도〉, 72×97cm, 한지에 채색, 2018

한라산과 다른 특유의 매력이 있다. 한라산이 섬의 중심을 잡아주는 크고 웅장한 아버지 같은 산이라면, 산방산은 아담하고 편안한 어머니 같은 산이다. 이런 산방산에 재미있는 전설이 하나 있다.

어느 날 한 사냥꾼이 화살을 쏘았는데 하필 옥황상제가 그 화살을 맞았다. 화가 난 옥황상제가 한라산의 봉우리를 뽑아 사냥꾼을 향해 던졌다. 이때 봉우리를 잃고 움푹 파인 한라산 꼭대기는 백록담이 되었고, 옥황상제가 던진 봉우리는 멀리 날아가 안덕면에 떨어져 산방산이 되었다는 것이다. 서쪽에 덩그러니 솟아 있는 산방산을 보니 왜 그런 전설이 생겼는지 알 것 같았다.

제주의 서쪽으로 향하는 일주서로를 달리다 보면 금방 산방산을 만날 수 있다. 봉긋하게 솟아 있는 그 모습이 무척이나 반갑다. 산방산 삼거리에 도착하면 보문사가 보인다. 보통의 절은 산속에 숨어 있어서 산을 오르거나 애써 찾아가야 하지만, 보문사는 삼거리에서 바로 보이는 낮은 바위산 언덕에 있어서 누구나 쉽게 발견할 수 있다. 덕분에 보문사는 늘 방문객으로 북적인다. 산방산을 찾은 우리 부부도 보문사에 들렀다. 보문사 마당 한쪽에 있는 커다란 금불상은 언제 보아도 신비로웠다.

산방산에 올라 아래를 내려다보면 형제해안로를 비롯하여 사계해안, 용머리해안까지 모두 보인다. 사계리 마을과 해안의 풍경을 한눈에 담을 수 있다. 모슬포로도 불리는 사계리는 4·3사건으로 많은 희생자가 발생한 지역이기도 하고, 예로부터 바람이 거세고 물자가 부족해 '못살포'라고 불릴 만큼 척박한 곳이었다고 한다. 그러나 요즘 이 동네에는 많은 '핫플'이 생겨나고 있다. 봄이면 유채꽃이 장관을 이루고, 5킬로미터 이내에 송악산도 있어서 관광객이 많이 찾는다. 척박한 동네로 불리던 쓸쓸한 분위기는 이제 거의 찾아볼 수 없다.

한쪽에 볼록하게 솟아 있는 산방산은 동네의 변천사를 지켜본 유일한 존재다. 어쩌면 산방산은 사연 많은 사계리를 내려다보면서 동네 사람들의 안녕을 빌며 응원하고 있지 않을까. 산방산을 보면 언제나 그 자리에 있으면서 좋은 기운을 전해주는 수호산같이 느껴진다. 힘들 때마다 찾아와 위로받을 수 있는 건 아마 그런 느낌 때문일 것이다.

육지의 높고 험악한 산세와 달리 둥그렇고 부드러운 산방산을 보고 있노라면 뾰족했던 내 마음마저 둥글둥글 편안해진다. 마치 내게 더 높이 오르지 않아도 된다고, 그렇게 날을 세우지 않아도 된다고 이야기하는 것 같다. 무언가 잘하려고 애쓰다 보면 나도 모르게 뾰족해질 때가 많다. 특히 중요한 전시를 앞두고 작업하거나 큰 규모의 특강을 준비할 때 그렇다. 온 정신과 감각을 집중해야 하기 때문에 무척 예민해지는 것이다. 그렇게 뾰족해진 마음과 긴장은 이곳 산방산에 오면 자연스럽게 풀어진다.

날씨 운이 좋으면 '산 할아버지 구름모자 썼네'라는 동요 가사가 저절로 떠오르는 풍경을 만날 수 있다. 구름을 두른 산방산은 오늘도 우리의 쉴 곳이 되어주었다. 잔잔하고 여유로운 풍경을 바라보며 나는 다시 앞으로 나아갈 수 있는 힘을 얻는다. 언제나 산방산처럼 둥글고 여유로운 마음으로 살아가고 싶다.

＊

산방산을 보자 〈일월오봉도〉가 떠올랐다. 〈일월오봉도〉는 조선 시대 궁궐에서도 어좌 뒤에 두었던 왕의 그림인데, 산방산을 보니 왕 대신 여왕의 모습이 떠올랐다.

'여왕 뒤에 두는 분홍색 〈일월산방산도〉를 그려야지. 어머니처럼 푸근한 산방산 앞터에 작은 한옥 하나 지어두고, 사계해안에서 튜브 타고 수영도 하고 요트도 하나 사서 세일링도 해야지.' 그렇게 유유자적하면서 그림 같은 풍경을 뒤에다 걸어두고 살면 아무도 부럽지 않을 것 같다. 정말 산방산 아래 작고 예쁜 한옥 하나 지어두고 살고 싶다.

가을이 오면
오름으로 가요

제주에는 오름이 정말 많은데 약 368개의 오름이 있다. 예전에 제주 이주를 준비하면서 이것저것 검색을 하다가 알게 된 오름의 숫자를 보면서 우스갯소리로 "하루에 하나씩, 1년이면 제주 오름을 다 가볼 수 있겠네"라는 말을 한 적이 있다. 꼭 그 이야기 때문만은 아니지만 우리는 틈날 때마다 오름을 자주 찾으려고 한다. 사계절이 아름답지만 특히 가을이 되면 제주의 오름은 황금빛이 된다. 황금빛 억새가 너울너울 춤추며 자신들을 보러 오라고 손짓

한다. 나는 매번 그 유혹을 이기지 못하고 오름에 오른다.

가을을 맞아 이번에 찾아간 곳은 백약이오름이었다. 오름 입구부터 억새의 향연이었다. 부쩍 유명해진 탓인지 오름의 입구부터 관광객들로 북적였다. 하지만 오름에는 오르지 않고 초입에서 사진만 찍고 가는 이들이 더 많았다. 아무래도 초입에 있는 계단이 사진 찍기 가장 좋은 스폿으로 알려져서 그런 듯했다. 위로 끝없이 이어지는 계단을 보니 올라가지 않고 아래에서 사진만 찍겠다고 결정한 사람들의 마음이 이해가 됐다. 굳이 오르지 않아도 충분히 억새를 즐길 수 있었지만 우리는 늘 그렇듯 오름을 오르기로 했다. 세상엔 가보지 않으면 알 수 없는 것들이 너무도 많다. 그래서 갈까 말까 망설여질 때 나는 가는 편을 선택하곤 한다.

오름의 중턱에 오르니 온몸에 땀이 나고 숨이 턱까지 차올랐다. 가방 안에 있는 고양이 도롱이의 무게까지 더해지니 평소보다 훨씬 더 힘이 들었다. 괜히 왔나 하는 생각이 잠깐 들었지만, 집에만 있느라 바깥 구경 한번 제대로 해보지 못한 도롱이에게 오름 위의 풍경을 꼭 보여주고 싶은 마음에 계속 올라갔다.

정상에 오르니 바람결을 따라 일렁이는 억새밭이 한눈에 들어왔다. 금강산도 식후경이라고, 억새가 잘 보이는 곳에 예쁜 천을 깔고 앉았다. 맛집에서 사 온 김밥을 먹으며 캔 맥주도 하나 꺼내

〈가을 오름〉, 50×50cm, 한지에 채색, 2018

마셨다. 역시 소풍 와서 먹는 김밥 맛이 제일이었다. 삼각대를 세워두고 가족사진도 찍었다. 바람에 삼각대가 넘어져서 사진의 초점이 잘 맞지 않았지만 그냥 그대로도 좋았다.

오름의 묘미는 정상에 있는 의자에 앉아 땀을 식히며 아래를 내려다보는 데 있다. 남편과 나란히 앉아 아래를 내려다봤다. 바둑판 모양의 농경지는 몬드리안의 그림 같기도 하고, 유럽의 성당이나 교회에서 볼 수 있는 알록달록한 스테인드글라스 창 같기도 했다. 사람과 차는 아주 작게 보였다. 행복한 사람이든 불행한 사람이든, 고급 승용차든 고물차든 모두 작은 점이 되어 있었다.

세상과 떨어져 있는 거리만큼 소음도 줄었다. 오름 정상엔 많은 사람이 있었지만 모두 조용히 풍광을 즐길 뿐이었다. 햇빛과 바람의 지휘에 따라 억새가 이리저리 흔들리며 금빛을 흩뿌렸다. 제자리에서 반짝이거나 아름다운 자태로 자유로이 춤을 추고 있었다. 그 모습을 보던 나는 잠시 눈을 감고 소리에 집중해보았다. 억새가 서로 부딪치면서 아름다운 바람의 음악을 연주하고 있었다. 그것은 마치 고요한 가운데 들려오는 웅장한 오케스트라 연주 같기도 하고, 금색 옷을 입은 발레리나의 발레 공연 같기도 했다.

때마침 시간이 맞아서 오름 위에서 지는 해를 봤다. 억새로 가득한 금빛 오름이 노을빛을 받아 불그스름하게 물들었다. 하루 중 오름이 가장 빛나는 시간을 맞이한 우리는 그 찬란한 아름다움을 넋을 잃고 바라봤다. 모든 것이 너무나 완벽했다.

매일 똑같아 보이는 일상의 풍경도 아름다워 보이는 순간이 있다. 우리는 때때로 약간의 거리를 두고 삶을 바라볼 필요가 있다. 그러면 큰일처럼 느껴졌던 일들이 작은 점으로 느껴지고, 시끄러웠던 머릿속이 오름의 풍경처럼 고요하고 잔잔해진다. 누군가는 인생을 끝없는 오르막길이라고도 하고 소풍 길이라고도 한다. 기왕 걷는다면 소풍 길이라 여기는 것이 낫지 않을까. 나를 위로하는 것도 내 삶을 더 풍요롭게 만드는 것도 모두 나다. 삶이 힘들 땐 하던 일을 잠시 멈추고 높은 곳에 올라가 풍경을 바라본다. 거리를 두고 본 내 삶은 그 풍치만큼이나 언제나 아름답다.

*

중산간 광활한 초원에는 눈을 흐리게 하는 색깔이 없다. 귀를 먹게 하는 난잡한 소리도 없다. 코를 막히게 하는 역겨운 냄새도 없다. 오직 아름다운 자연의 빛깔만이 반짝이고 있다.

입맛을 상하게 하는 잡다한 맛도 없다.

마음을 어지럽게 하는 그 어떤 것도 없다.

나는 그런 중산간 초원과 오름을 사랑한다.

— 김영갑, 『그 섬에 내가 있었네』에서 *

* 김영갑, 『그 섬에 내가 있었네』, 휴먼앤북스, 2013, 84쪽.

제주의 겨울이
아름다운 이유

동백꽃이 날아와

누군가 제주의 가장 아름다운 겨울 풍경을 보여달라고 하면 나는 망설임 없이 동백꽃이 핀 곳으로 데려갈 것이다. 눈이 소복이 쌓인 풍경도 겨울만의 묘미이지만, 다른 지역에서는 겨울에 꽃놀이할 수 없을 테니 말이다.

겨울이 되면 제주에서도 가장 따뜻한 위미리에 동백꽃이 그 모습을 드러낸다. 우리는 동백꽃으로 유명한 위미리와 집이 가까워서 매년 빼놓지 않고 겨울 동백나무를 보러 갔다. 추운 겨울을 뚫고 피어나는 생명력 강한 꽃을 보는 것만으로도 위로와 힘이 된다. 처음 제주에 왔을 때만 해도 개인이 운영하는 동백 군락지에 허락을 받고 조심히 들어가서 보거나 길가에서 담 너머로 보는 것이 다였는데, 잘 가꿔놓은 동백 수목원이 해마다 늘어나 최근엔 입장료를 내고 들어가는 곳도 많아졌다. 이번엔 우리도 입장료를 내고 들어가보기로 하고 새로 개장한 수목원을 찾았다.

매년 가는 꽃나들이였지만 이번에는 조금 특별했다. 올해는 배 속의 아기와 함께였기 때문이다. 매년 서로서로 사진을 찍어주며 둘이서 정답게 꽃구경하던 것이 엊그제 같은데 배 속의 아기까지 셋이 함께 동백꽃을 보러 왔다는 사실이 특별하게 느껴졌다. 임신 후 급격하게 살이 찐 이후로는 사진 찍는 것이 싫었는데 이곳에서는 꼭 사진을 남겨야겠다고 생각했다. 우리는 지나가던 사람에게 사진을 부탁했다.

나의 볼록한 배처럼 둥근 동백나무 앞에 남편과 나란히 섰다. 겨울이지만 날은 따뜻했고 맑은 햇볕이 동백나무 잎 사이사이를 파고들었다. 동백꽃은 탐스러운 붉은빛을 뽐내고 있었다. 풍경 자체로도 멋있었지만 그 순간을 온 가족이 함께한다는 사실이 무척 좋았다. 곧 아기를 만날 수 있다는 기대와 설렘. 이렇게 좋은 풍경을 함께할 수 있다는 기쁨. 신비로운 경험이었고 큰 감동이었다.

〈동백꽃이 날아와〉, 32×32cm, 한지에 채색, 2019

계절이 바뀌어 봄이 되었고 만삭 사진을 찍는 날이 다가왔다. 사진 작가님이 어디에서 찍고 싶은지 내게 물어보셨다. 바다, 유채꽃, 벚꽃을 배경으로 할 수도 있고 동백꽃 촬영도 가능하다고 했다. 봄인데 아직도 동백꽃이 피어 있다니 반가웠다.

만삭 촬영을 위해 하얀 원피스를 준비했는데, 붉은 동백꽃과도 잘 어울릴 것 같았다. 동백꽃을 포함한 몇 곳의 촬영지를 선택했다. 나중에 촬영을 마치고 꽤 여러 사진을 받아보았는데, 가장 마음에 들었던 사진은 동백나무 아래서 남편과 마주 서서 배를 바라보며 환하게 웃고 있는 사진이었다. 이 사진을 보면, 나의 소중한 순간들을 바로 곁에서 지켜봐준 동백꽃이 친근하게 느껴진다. 이번 겨울엔 아기와 직접 동백꽃을 보러 가야겠다. 벌써 겨울이 기다려진다.

*

추운 겨울의 공기를 붉은 동백꽃이 따뜻하게 감싼다. 사랑이
피어나는 동백나무 동산에는 붉은 동백꽃 잎들이 하트처럼 휘날린다.
제주의 겨울이 따뜻한 이유는 바로 동백꽃 때문이다.

동백꽃 아래에서
요가 하기

인도네시아의 아름다운 섬 발리에는 요가의 성지로 불리는 곳이 있다. 발리의 심장으로도 불리는 우붓은 영화 〈먹고 기도하고 사랑하라〉(2010)의 촬영지이기도 하다. 발리 여행 중이었던 나는 우붓에 있는 요가 학교에 들러 잠시 둘러보기로 했다. 그곳에는 요가 수련을 위해 유학 온 다른 나라의 수행자들이 많았다. 우연히 시간이 맞아 야외에서 요가 수업을 하는 모습을 볼 수 있는데, 발리의 아름다운 자연 속에서 요가를 하는 모습은 마치 그림처럼 아름다웠다. 그때부터 나는 자연 속에서 요가를 하는 꿈을 꾸게 되었다. 그러나 결혼을 하고 호주에서 바쁜 일상을 보내면서 그 꿈은 멀어지는 듯했다.

시간이 지나 호주를 떠나 제주에 정착한 나는 그 꿈을 이룰 수 있게 되었다. 난생처음 도전한 요가는 그야말로 신세계였다. 요가를 할 때만큼은 굳어 있던 몸이 유연해지고 자연과 하나 됨을 느낄 수 있었다. 몸이 변하자 마음에도 변화가 일어났다. 내 안에 있던 불가능과 가능의 선입견 역시 무너지고 심신이 평온해졌다. 요가를 통해 나무가 되기도 하고 고양이가 되기도 했다. 이 과정을 통해 세상에 절대 가능과 절대 불가능은 없다는 깨달음이 아주 자연스럽게 내게로 왔다. 그리고 이 깨달음은 스스로에게 이런 질문을 던지게 했다. '나는 지금까지 얼마나 많은 것들을 재단해왔을까? 할 수 있는 일도 할 수 없다고 판단한 적은 또 얼마나 많을까?'

생각해보면, '아이는 절대 낳지 말아야지' 하고 출산은 내가 할 수 없는 일이라고 지레짐작하여 결론 내렸을 때도 있다. 그러나 이런 걱정과 달리 나는 자연분만으로 아이를 잘 낳았다. 육아도 마찬가지였다. 열심히 공부하면 되겠지 싶었던 육아는 절대 내 마음처럼 되지 않았다. 책과 유튜브에서 배운 대로 해보았지만, 실제와는 차이가 있었다. 이렇듯 큰 변화를 겪으며 흔들릴 때마다 중심을

〈동백꽃과 요가〉, 53×45cm, 한지에 채색, 2017

잡을 수 있게 해준 건 요가였다. 요가는 있는 그대로를 바라보고 받아들이는 법과 유연한 마음이 삶의 탄력을 줄 수 있다는 사실을 가르쳐주었다.

요가를 하면서 깨닫게 되는 한 가지는, 요가를 단시간에 잘할 방법은 없다는 것이다. 요가는 충분한 시간을 가지고 인내하며 수련해야 한다. 그렇게 꾸준히 수련한다면 조금씩 발전하는 자신을 느낄 수 있게 된다. 요가의 또 다른 장점은 누가 더 잘하고 못하고가 없다는 것이다. 요가는 다른 경쟁 스포츠와 달리 색깔로 급수를 나누거나 타수를 계산하지 않는다. 요가에서 중요한 것은 경쟁이 아니라 나 자신을 알아가는 것이기 때문이다. 요가는 단지 자신의 몸 상태와 수련 정도에 따른 다름이 존재할 뿐이다. 틀린 것이 아니라 다른 것이라는 생각만으로도 마음에 여유가 생긴다.

종종 요가를 하다가 허리나 인대를 다쳤다는 사람들의 이야기가 들려온다. 언뜻 들어보면 대부분 옆 사람을 따라 익숙하지 않은 자세를 하다가 다쳤다는 이야기다. 결국, 과한 욕심이 원인인 셈이다. 건강을 위한 운동인데 오히려 운동하다가 다치면 얼마나 속이 상할까. 자신에게 꼭 맞는 구두를 신고 사는 법, 아니 구두를 벗고 사는 법을 나는 요가를 통해 배운다. 요가에서의 '내려놓음'은 자신의 한계선을 긋고 포기해버리는 것이 아니라 자신이 가진 재능과 환경을 고려하여 자신의 속도로 성장하기 위한 '내려놓음'이다. 타고난 몸의 상태와 생활 속에서 생겨난 몸의 변형들이 알맞은 동작을 만났을 때 비로소 몸과 마음이 치유되고 바르게 선다.

제주에 오기 전, 나는 무한 경쟁 도시 속에서 누구보다 바쁘게 살았다. 열심히 할수록 성공에는 가까워졌지만 몸과 마음은 지쳐 갔다. 그러다 어느 순간 깨달았다. 내가 가고자 하는 길과 방향으로 가지 않으면 빨리 도착해도 의미가 없다는 것을. 나는 적게 벌어도 그림을 그려야 행복한 사람이었고 자연과 더불어 천천히 그리고 조용하게 사는 것을 꿈꿔온 사람이었다. 그래서 제주에서 수련하듯 나만의 속도대로 꾸준히 나만의 길을 걸으니 몸과 마음이 좋아졌다. 그림도 일도 더 잘 풀리기 시작했다. 서울에서 활동할 때처럼 트렌디한 그림을 보러 다니고 인맥을 쌓고 많은 전시에 참여할 순 없었다. 하지만 오히려 서울을 벗어나니 제주뿐 아니라 서울, 부산, 전라도 등에서의 전시와 더불어 다양한 곳에서 다양한 활동을 할 수 있다는 것을 알게 되었다. 뉴욕 브로드웨이의 대형 무대는 아니지만 소극장을 돌며 전국 순회공연을 하는 공연 팀처럼 나의 무대는 더 넓어졌다. 늘 값이 저렴한 작업실을 찾아 헤매다가 도시를 떠나니 바다가 보이는 곳에 나의 이름을 딴 넓은 작업실을 마련할 수 있었다. 게다가 나의 이야기를 담아 소박하게 그리는 그림에 점점 많은 이들이 공감해주기 시작했다. 내가 꿈꾸던 대로였다. 나의 생활이 그림이 되었고 그림은 곧 나의 삶이 되었다. 누군가와 비교하며 자책하고 괴로워했던 마음, 원하지 않는 길을 가면서 했던 고민과 스트레스를 멈추니 내가 잘하는 일, 하고 싶은 일, 열심히 해야 하는 일들이 더욱 선명해졌다. 그리고 그 마음이 그림에 고스란히 담겼다. 요가는 내게 운동이 아니라 인생의 깨달음을 주는 수련이다.

*

겨울이 되면 제주에서 가장 따뜻한 위미리 작은 마을엔 붉은 동백꽃 향으로 가득 찬다. 제주의 겨울이 쓸쓸하지 않은 건 겨울에도 피어나는 동백꽃이 있기 때문이다.

매서운 겨울의 추위를 이기고 붉게 피어난 동백꽃은 요가 수련을 하는 이들을 닮았다. 동백꽃 가득한 그곳, 돌담 아래서 요가 수업이 열리면 좋겠다. 바다에서 하는 요가도 멋지겠지만 짭조름한 바닷바람보단 동백 향이 담긴 바람을 맞는 것이 조금 더 로맨틱하겠다. 그곳에서 요가 하는 상상을 한다. 동작하는 내 어깨 위로 동백꽃 하나가 툭

떨어진다. 끝까지 고고하고 아름답게 떨어지는 동백꽃을 보며 끝이
아름다운 사람이 되어야겠다고 다짐한다. 마음을 다듬기에 요가처럼
좋은 게 없다. 동백꽃이 가득 핀 곳에서의 요가라면 더할 나위가
없겠지.

※

요가는 우리가 참아낼 필요가 없는 것들을
치유하는 법을 알려주고
치유될 수 없는 것들을 참아내는 법을 알려줍니다.

—B.K.S. 아헹가

한라산을 힘들지 않게
오르는 방법

한라산에 오르는 방법은 여러 가지가 있다. 만약 힘들지 않게 오르고 싶다면 차를 타고 '1100고지'에 가면 된다. 1100고지는 서귀포시 중문동과 제주시를 연결하는 1100도로에서 가장 높은 곳을 일컫는다. 1100고지를 향해 뻗어 있는 구불구불한 도로는 운전자에겐 다소 까다롭게 느껴질 수도 있다. 그러나 동승자에겐 자연을 즐길 수 있는 행복한 드라이브 코스가 된다. 녹음의 계절 여름도 좋고 고도에 따라 다른 색의 단풍을 구경할 수 있는 가을도 멋지지만,

〈1100고지〉, 32×32cm, 한지에 채색, 2018

1100고지 풍경의 하이라이트는 겨울이다. 겨울에 제주에 와서 꼭 가봐야 할 곳을 추천하라면 나는 단연 1100고지를 추천할 것 같다. 단, 눈이 많이 온 다음에 올라야 멋진 설산의 풍경을 볼 수 있다.

겨울에 1100고지를 오르다 보면 높이에 따라 달라지는 풍경을 보는 재미가 쏠쏠하다. 동영상 빨리 감기 버튼을 눌러 사계절을 빠르게 재생해보는 느낌이랄까. 출발지에서 보이는 평범한 나무들은 고도가 점점 높아질수록 초록의 잎 대신 새하얀 눈꽃을 피운다. 그렇게 차창 밖 풍경에 빠져서 시간 가는 줄 모르고 있다가 1100고지에 도착하면 저절로 탄성이 나온다. 산을 덮은 새하얀 눈에 햇빛이 반사되어 그야말로 눈부시게 아름답다. 압도적인 풍경과 더불어 그곳에 흐르는 적막함에 숨이 막힌다. 분명 산 아래보다 낮은 기온인데도 아름다운 풍광에 추위 따윈 잊어버리게 된다.

1100고지의 겨울 풍경을 보기 전에는 잎도 꽃도 없는 겨울나무는 늘 쓸쓸하다고 생각했는데, 눈꽃을 피워낸 겨울나무는 그 어떤 나무보다 화려하다. 영화 〈겨울 왕국〉(2013)의 배경이 현실에 존재한다면 바로 여기가 아닐까 싶은 풍경이다. 마치 눈으로 만들어진 듯한 하얀색 사슴 동상은 한라산을 내려다보고 있다.

나는 오래전부터 춥고 메마른 겨울이 싫어서 무조건 따뜻한 나라만 동경했다. 그래서 한국을 떠나 지루하리만큼 온난한 기후의 나라에서 살아보기도 했다. 그러다 한국으로 다시 돌아와서는 사계절이 아주 뚜렷한 제주에 정착하게 되었다. 추울 때는 너무 춥고 더울 때는 너무 더운 이곳 기후에 좀처럼 적응할 수 없었다. 변덕스러운 섬 날씨도 어렵게만 느껴졌다.

그렇게 어딘가 조금씩 불편한 날들 끝에 맞이한 세 번째 겨울. 눈을 뚫고 봄의 새싹이 움트듯 내 안에 어느덧 감사의 마음이 피어났다. 자연에 어느 하나 아름답지 않은 것이 없다는 것을 알게 되었고, 아름다운 눈의 향연을 볼 수 있음에 감사했다. 평생 겨울을 피해 다녔던 나는 제주에 와서 겨울을 좋아할 수 있게 되었다. 겨울이 바쁘게 전진하기만 하는 365일에 쉼표가 되는 계절이라는 것을 알게 되었고, 겨울이 있기에 돌아오는 따뜻한 봄이 더 감사하다는 것을 비로소 알게 되었다. 제주에서의 삶은 그렇게 또 하나의 계절을 내게 선물해주었다.

*

담기는 그릇에 따라 형태가 변하는 물은 그 모양을 정확히 단정 지을 순 없지만, 어느 곳에든 담길 수 있다. 멋진 삶이란 가장 근사한 그릇에 담기는 것이 아니라, 어디에 담기든 어떤 모양이든 물로써 제 역할을 다하면 되는 것이 아닐까. 그렇게 나는 자연스럽게 내가 담겨 있는 그릇이 어떤 모양이든 감사하며 이곳 제주에서 물처럼 살고 싶다.

✿

아름다움은 어디에도 존재한다.
행운은 사진가 스스로 준비해서 맞이하는 것이다.

— 김영갑, 『그 섬에 내가 있었네』에서 *

* 김영갑, 앞의 책, 145쪽.

인생의
모든 계절

제주의 네 가지 색

제주살이 7년 차, 제주의 가장 좋은 점은 계절의 변화를 직접 보고 느낄 수 있다는 점이다. 계절을 하나하나 선명하게 보고 겪다 보니 자연스럽게 계절의 순환이 인생의 주기와 밀접하게 맞닿아 있음을 느낀다. 만물이 소생하고 자라나는 봄은 사람의 유아기와 청소년기를, 모든 식물이 활발히 생장하는 푸른 여름은 20대의 청춘을, 성숙하여 열매를 맺는 가을은 중년의 여유를, 휴식기에 들어간 메마른 겨울나무에선 평화로운 노년기를 떠올릴 수 있다. 순

69

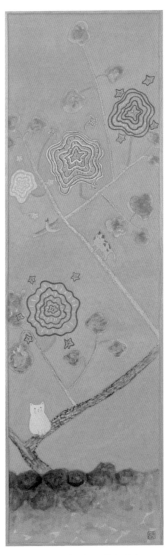

〈제주의 네 가지 색〉, 30×99cm(×4), 한지에 채색, 2020

리대로 흘러가는 인생의 계절 변화처럼 그렇게 우리는 자연스럽게 피고 진다.

나는 봄이 올 때마다 제주의 봄을 가장 먼저 알리는 매화를 보러 간다. 쭉쭉 시원하게 뻗은 가지를 따라 옹기종기 예쁘게 피어난 매화는 지루한 겨울의 끝을 알리는 반가운 손님이자 새로운 계절의 시작을 알리는 정령이다. 짧은 봄이 지나면 야자수가 어울리는 계절, 여름이 온다. 야자수는 제주의 토종 식물은 아니지만, 제주를 떠올리는 장면 안에 거의 빠짐없이 등장할 만큼 제주와 떼려야 뗄 수 없는 식물이다. 생각해보면 제주공항을 막 나서서 야자수를 보는 순간 휴양지에 온 것처럼 기분이 좋아지는 경험을 누구나 한 번쯤은 하지 않았을까.

제주의 봄을 대표하는 것이 매화라면 여름을 대표하는 것은 연꽃이다. 여름과 가을 사이에는 하가리에 피는 연꽃을 보러 간다. 민화에도 자주 등장하는 연꽃은 모든 것을 품을 듯 접시를 닮은 넓은 잎사귀와 깨끗하고 청초한 백자 같은 둥글고 하얀 꽃잎을 가지고 있다. 아름다움도 아름다움이지만 연꽃을 보면 마음이 편안해진다. 흥분되었던 마음이 차츰 차분해지면서 가을을 맞이할 준비를 하게 된다.

겨울은 가을보다 한발 더 빠르게 찾아오는데, 제주의 겨울을 장식하는 것은 단연 동백꽃이다. 제주 곳곳에서 동백꽃이 피었다 지는 모습을 볼 수 있다. 지금은 최고의 인기를 누리고 있지만, 옛날에는 동백나무를 즐겨 심지 않았다고 한다. 꽃이 질 때 붉은 꽃이 통째로 툭 떨어지는 모습이 불길하다는 것이 그 이유였다. 이후에 4·3사건 당시에 희생당한 제주도민을 동백꽃으로 형상화한 작품이 많아지면서, 동백꽃은 희생자들을 기리는 4·3 사건을 상징하는 꽃이 되었다. 요즘엔 제주 여기저기에서 어렵지 않게 동백나무를 만날 수 있다. 모든 것이 메마른 겨울에 탐스럽게 핀 붉은 동백꽃은 제주의 새까만 돌담과 어우러져 아름다운 대비를 만든다.

계절마다 피고 지는 꽃과 아름다운 풍경 그리고 저마다 품고 있는 이야기에 관심을 기울이다 보면 금방 다른 계절이 오고 그렇게 1년이 순식간에 지나간다. 특정 계절을 좋아했던 이전과 달리 제주에서는 모든 계절을 사랑하게 되었다.

인생이란 사계절도 그러하다. 인생의 부분이 아닌 전체를 생각하는 나이가 되고 보니 모든 것이 계절의 순환과도 같다는 생각이 들었다. 어느 날 감정이 요동치고 한없이 우울하고 모든 게 엉켜버린 것 같아도 그것은 인생이라는 전체에 비한다면 아주 짧은 한순간의 감정이고 단편적인 사건일 뿐이다. 당시엔 하늘이 무너질 것처럼 크게 느껴져도 사실 대부분의 일은 인생을 바꿀 만한 사건이 아니고 시간이 지나면 잊힌다. 감정과 사건은 다 지나가고 언젠가 반드시 꽃 피는 계절이 돌아온다. '그러니 힘을 내라 모든 것은 지나간다.' 이런 말을 하려는 의도는 없다. 오히려 우리에겐 충분히 아파하고 충분히 슬퍼하고 기뻐하는 것이 필요하지 않을까. 그 계절에만 볼 수 있는 것은 오직 그때만 볼 수 있다. 아무리 애를 써도 져버린 꽃은 다음 계절이 올 때까지 피지 않는다. 그래서 나의 관심은 현재에 얼마나 충실한가에 있다. 가끔 좋았던 추억을 꺼내보긴 하지만 지금보다 옛날이 좋다거나 그때로 돌아가고 싶진 않다. 나는 늘 지금이 좋고 과거에도 최선을 다해 살았기에 미련이나 후회가 없다.

젊은 날은 자유롭고 싱그러워서 좋았고 현재는 성숙하고 안정적이어서 좋다. 그때는 연애가 힘들었고 미래가 불투명해 힘들었다면 지금은 무거운 책임감에 육아와 일을 병행하는 것이 힘들다. 언제나 좋은 일과 나쁜 일이 동반된다. 그래서 나는 자신에게 이렇게 말한다. '과거를 미화하지도 미래를 절망하지도 말고 그냥 현재를 살자.' 그것은 각각의 계절과 그 계절의 꽃들이 알려준 사실이다. 지금을 충실하게 산다면 분명 어느새 내가 바라던 계절이 앞에 성큼 다가와 있을 것이다.

*

만물이 소생하고 자라나는 봄은 사람의 유아기와 청소년기를, 모든
식물이 활발히 생장하는 푸른 여름은 20대의 청춘을, 성숙하여 열매를
맺는 가을은 중년의 여유를, 휴식기에 들어간 메마른 겨울나무에선
평화로운 노년기를 떠올릴 수 있다. 순리대로 흘러가는 인생의 계절
변화처럼 그렇게 우리는 자연스럽게 피고 진다.

두 번째 선물, 나의 사랑 나의 가족

함께 달려주는
친구

모처럼의 휴일이라 무엇을 하면 좋을까 궁리하던 중에 전동 킥보드가 떠올랐다. 최근 길에 자주 출몰하는 전동 킥보드를 보면서 언제 한번 타보고 싶다고 생각했었다. 마침 우리 동네에 전동 킥보드 가게를 개점했다는 지인의 연락이 오기도 해서 오늘이 기회다 싶었다.

오랜만에 만난 반가운 사람들과 근황을 이야기하며 전동 킥보드를 한 대씩 골라잡았다. 핸들과 브레이크 잡는 법과 수동 모드로

〈형제해안로 달리기〉, 36×36cm, 한지에 채색, 2019

바꾸는 법도 배웠다. 전동 킥보드는 오토바이와 자전거의 중간쯤으로 생각하면 편한데, 킥보드 타는 법을 알아도 처음 타는 사람이라면 약간의 연습이 필요하다. 실제로 해보니 조작법은 간단했지만 약간만 레버를 올려도 금방 속도가 붙어서 조금 무서웠다.

드디어 출발! 쌩쌩 달리는 차와 나란히 달리는 것이 무서웠던 나는 나도 모르게 계속 브레이크를 밟았다. 가다 서다를 반복하면서 느릿느릿 가다가, 차가 없는 한적한 길에 들어섰을 때 속도를 약간 더 높여보았다. 조작법이 익숙해지니 제법 속도도 내고 주변 풍경을 둘러볼 여유도 생겼다. 바다가 보이는 야트막한 언덕의 내리막에서는 속도감을 즐길 수 있었다.

전동 킥보드 타기는 평소에 차나 도보로 갈 수 없었던 새로운 곳에 가보는 재미와 설렘이 있었다. 무엇보다 즉흥적으로 방향을 정해 길 위를 달리는 자유로움이 좋았다. 자전거보다 빠르고 차보다는 느린, 적당한 속도감을 느끼며 달릴 수 있어서 더욱 매력적이었다. 그날 남편과 나는 시원하게 불어오는 바람을 가르며 서귀포 이곳저곳을 쏘다녔다. 그와 함께여서 좋았던 건지 날씨가 좋아서 좋았던 건지, 행복으로 가득한 하루가 내 기억 속에 온전히 저장됐다.

신기하게도 우리는, 죽일 듯 싸우다가도 무엇이든 함께할 땐 죽이 잘 맞았다. 취향도 대화도 가장 잘 통하는 남편은 나에게 있어 제일 친한 친구이자 동료이자 연인이다. 도전 정신이 강한 내가 갑자기 하자고 하는 일에도 늘 불평 없이 즐겁게 동참해주는 평생 지기 친구. 그와 함께였기에 호주, 아프리카, 제주 그 어디라도 망설임 없이 갈 수 있었다.

내 곁에 함께 달리는 친구가 있다는 것은 참 든든하고 행복한 일이다. 바닷길이든 숲길이든 그 어떤 아름다운 길이라고 해도 혼자 달린다면 재미도 없고 외롭고 무서울 것 같다. 킥보드 타기가 이러한데 인생길은 오죽하랴. 사람마다 성격과 환경이 다 다르므로 어느 쪽이 더 좋다고 확신할 수는 없지만, 나는 결혼을 권하는 쪽이다. 인생은 생각보다 더 길고 지치고 험한 길이다. 함께 걷는 친구가 있다면, 넘어지거나 길을 잃었을 때 서로를 도울 수 있으니 조금 덜 외롭고 덜 무서울 것이다.

나 역시 혼자 달리는 것에 익숙한 사람이었다. 그래서인지 결혼 후에도 누군가와 발맞춰 걷는 것이 무척 어려웠다. 서로 가고 싶은 방향이 다를 때도 있었고 한쪽의 속도가 너무 빠르거나 느릴 때도 있었다. 그럴 때마다 우리는 부딪쳤다. 한때는 그와 내 생각이 모두 같아야 하고, 다르거나 싸우는 것은 둘이 맞지 않기 때문이라고 생각했다. 그러나 지금은 모든 관계는 갈등이 생길 수밖에 없고 그것은 서로 다르기 때문이라는 것을 안다. 우리는 그저 상대의 있는 그대로의 모습을 인정하고 배려하며, 또 부딪치더라도 서로 위로하며 살아가야 한다.

함께 달리는 길이 항상 평탄하고 아름다울 수만은 없지만 즐겁게 그리고 씩씩하게 달려가리라. 폭주하며 저 멀리 달려가는 나를 뒤에서 귀엽다는 듯 바라보는 그가 있다. 그래서 나는 오늘도 스프링처럼 이곳저곳으로 튕겨 갔다가 탄성을 이용해 그가 있는 곳으로 다시 돌아온다. 돌아올 곳이 있다는 것, 기다려주는 이가 있다는 것만으로도 불안감이 줄고 안정감이 느껴진다. 시원한 바람이 볼을 간지럽힌다. 가파른 언덕이 나오면 자동 장치를 켜 쉽게 오르고, 천천히 달리고 싶으면 자동 장치를 끄고 수동으로 발을 구르며 달린다. 사는 것도 그렇게 자동과 수동을 자유자재로 오가며 쉽게 달리면 좋겠지만 안타깝게도 인생은 그럴 수가 없다. 멈추고 싶어도 멈출 수 없고 쌩쌩 달리고 싶어도 갑자기 만난 언덕에 힘겹고 느리게 오를 수밖에 없다. 그런 길에서 함께 달려주는 이가 있다면 서로 끌어주고 밀어주며 달릴 수 있겠지.

인생은 내 마음대로 되지 않지만 전동 킥보드를 타고 달리는 것만큼은 내 마음대로 속도 조절이 가능하니, 일이 마음대로 풀리지 않거나 답답한 날 전동 킥보드를 타고 바닷가를 시원하게 달려

본다. 그러고 나면 마음에도 머리에도 시원하게 길이 난다. 뒤따라
오는 남편을 보며 마음속으로 외친다. '함께 달려줘서 고마워! 나
의 영원한 동반자!'

*

고양이 부부는 킥보드를 타고 뻥 뚫린 형제해안로를 신나게 달립니다.
해 질 녘 하늘은 예쁜 분홍색으로 물들고 바닷물은 여전히 깊고
푸르릅니다.
멀리 보이는 다정한 형제 섬처럼 부부도 나란히 정답게 달립니다.
어느새 도로는 드넓은 놀이터가 됩니다. 서로가 있어 참으로 정답고
즐거운 길입니다.

여름엔
호캉스를 떠나요

여행이라고 하면 보통은 관광 여행이나 식도락 여행을 떠올리지만, 한곳에 머무르며 휴식하는 여행도 있다. 호텔이나 풀빌라에서 놀고, 먹고, 쉬는 여행을 요즘은 '호캉스'라 부른다. 이런 호캉스를 떠나는 사람들이 점점 많아지고 있다. 최고의 휴양지인 제주에는 좋은 펜션과 호텔이 많아서 호캉스를 즐기기 무척 좋다.

솔직히 말하면 호캉스는 내가 선호하는 여행 스타일과는 좀 거리가 있다. 여행지의 이곳저곳 돌아다니는 것을 좋아하는 내게

〈호캉스〉, 70×60cm, 한지에 채색, 2020

호텔은 그저 잠만 자는 곳이었다. 그러나 이번 여름휴가에는 특별히 호캉스를 준비했다. 부산에서 오시는 시부모님을 모시고 가는 여행이기에 복잡하고 더운 바다 대신 수영장이 있는 풀빌라를 예약해 편안하게 휴가를 즐기기로 했다. 고심해서 고른 숙소 안에는 우리만 사용할 수 있는 야외 풀장도 있고, 고기를 구워 먹을 수 있는 바비큐 공간도 마련돼 있었다. 바다가 바로 앞에 있어서 풀장에서 바다를 보며 수영을 즐길 수 있다는 장점이 있었다. 게다가 그 펜션은 우리 집과 멀리 떨어져 있는 동네에 있었기 때문에 제주에 사는 우리도 여행하는 기분이 들어 좋았다.

여행 당일, 숙소는 홈페이지에서 본 사진만큼이나 실제로도 좋았다. 무엇보다 깔끔하고 널찍하다며 시부모님께서도 무척 마음에 들어 하셨다. 10점 만점에 10점이라며 엄지 척을 날려주셨으니, 모두 대만족이었다. 짐을 풀고 잠시 휴식 후 남편과 나는 간단히 장을 보기 위해 차를 타고 나왔다. 근처 마트에 들러 먹고 싶은 것을 모두 담고 가장 중요한 흑돼지도 카트에 담았다. 돌아오는 길에 인근에 횟집에 들러 미리 전화로 주문해둔 회를 찾았다.

장보기를 마치고 돌아오니 무척 덥게 느껴졌다. 이곳 풀빌라의 백미를 즐길 차례였다. 수영복으로 갈아입고 바로 야외 수영장으로 들어갔다. 바다를 바라보며 수영을 하니 바다 수영을 하는 듯 기분이 좋았다. 온 가족이 각자 하고 싶은 대로 마음껏 편안하게 쉬었다. 나는 물놀이를 하다가 나와서 선베드에 누워 책을 읽었고, 남편은 계속 수영했고, 아버님은 선베드에 누워 바다를 보셨고, 어머님은 잠시 수영하다 밖으로 나와 천천히 저녁을 준비하러 들어가셨다.

평화롭고 여유로운 시간을 즐기다 보니 어느새 출출해졌다. 남자들은 고기를 구웠고 나는 반찬을 세팅하고 날랐다. 물놀이 후 분홍빛 노을이 물든 하늘을 바라보며 먹는 흑돼지와 회는 천상의 맛이었다. 거기에 시원한 맥주가 더해지니 그간의 피로와 스트레스가 모두 날아가는 기분이었다.

해가 지고 식사도 마무리가 됐다. 우리는 다 같이 산책하러 가기로 했다. 작은 마을인 동복리에는 집이 별로 없어서 길가는 불빛도 없이 조용했다. 그러나 하늘만큼은 빛나는 별들로 가득했다. 같은 제주 하늘 아래 살고 있지만, 어쩐지 집보다 이곳에서 별이 더 잘 보이는 것 같았다. 바다는 깜깜해서 잘 보이지 않았지만, 멀리 밤낚시를 하는 배의 불빛들이 반짝였다. 가족과 이런저런 이야기를 나누며 동네를 한 바퀴 돌고 다시 숙소로 돌아왔다.

다음 날 아침, 바다를 볼 생각에 일찍 눈이 떠졌다. 대충 세수를 하고 바다가 잘 보이는 수영장으로 향했다. 바다는 햇빛을 반사하여 반짝이는 물비늘을 만들어내고 있었다. 제주에 살면서 늘 보는 바다인데, 새로운 공간에서 좋은 사람들과 보니 또 다른 느낌이었다. 체크아웃 시간이 되기 전에 한 번 더 수영하고 싶어서 또 수영장에 들어갔다. 짧은 물놀이를 마치고 가족과 이번 여행의 마지막 식사를 함께했다. 모닝 수영 후 먹는 해장 라면은 야식으로 먹는 라면만큼이나 맛있었다.

1박 2일의 짧지만 소중한 호캉스였다. 가족과 함께라 더 좋았고 찰나라 더 소중하게 느껴졌다. 호캉스가 익숙하지 않던 나에게도 이번 여행은 무척 좋았다. 호캉스는 반복되는 일상의 지루함에서 잠시라도 탈출하고 싶은 사람들의 바람 속에 생겨난 여행 방식이 아닐까 싶다. 호텔이 아니어도 일상에서 아주 약간 벗어난 곳에서 반가운 이들과 만남을 갖는 것만으로도 좋다. 일상의 소중함이 느껴지지 않을 때 그 소중함을 되찾는 방법은, 어쩌면 이렇게 똑같은 무엇에서 조금 벗어나는 것이 아닐까. 멀고 긴 여행이 부담스럽다면 짧더라도 소중한 이들과 호캉스를 떠나보는 것도 좋은 방법이다.

*

바다가 보이는 수영장에 누워서 시간을 보내다니, 이런 호사가 또
어디 있을까요.

사실, 호캉스가 진짜 좋은 이유는 일상에서 잠시 벗어나 가족과 함께
보내는 그 밀도 있는 시간 때문이에요. 같은 공간 같은 시간 속에서
하루를 보내다 보면, 일상에 켜켜이 쌓아두었던 근심과 스트레스는
어느덧 멀찍이 물러나 있습니다. 그러면 그 틈에 가족에게 고마움과
사랑의 마음을 전해봅니다. 쑥스러움은 멋진 풍경 뒤로 잠시 숨겨도
될 테니까요. 함께여서 감사하고 일상에서 벗어나 여유로운, 행복한
여행입니다.

행복한
고양이 식당입니다

    오랜 호주 생활을 마치고 제주에 왔을 때 남편은 조금 방황을 했다. 호주에서 음식 만드는 일을 질리도록 했던 그는 한동안 식당 일을 하고 싶지 않고, 대신 회사 생활을 한번 해보고 싶다고 했다. 그렇게 남편은 제주에서 2년 동안 회사에 다녔다. 회사에 다니니 사업할 때 느끼던 압박감과 스트레스에서는 벗어날 수 있었으나 또 다른 고민이 그를 찾아왔다. '과연 내가 좋아하고 잘하는 일은 무엇일까?' '무엇을 하며 살아야 더 행복하게 살 수 있을까?'와

〈고양이 식당〉, 45.5×45.5cm, 한지에 채색, 2019

같은 고민을 했다. 그리고 어느 날 그가 내게 말했다. "나 다시 해 보고 싶어." 남편은 회사를 그만두고 다시 식당을 하기로 결심했다. 나는 그의 말이라면 언제나 찬성이었으므로, 우리는 곧바로 머리를 맞대고 생각했다. 우리가 하고 싶은 식당, 제주에만 있는 특색 있는 음식은 무엇일까 고민했다. 우선은 제주에서 나는 식자재들을 활용하되 양식조리사였던 그의 주특기를 살려서 양식을 최종 메뉴로 정했다. 남편은 매일 새벽 시장에서 사 온 재료로 본연의 맛을 살린 지중해식 요리를 연습을 했다. 신선한 식자재로 가장 건강한 음식을 만드는 것이 우리의 최종 목표였다.

메뉴에 대한 구상이 마무리될 즈음 적당한 크기의 식당 자리를 찾았다. 카페가 망하고 비어 있던 자리를 인수했다. 남편이 메뉴 구성을 완성하는 동안 나는 전반적인 가게 디자인과 실내장식을 맡기로 했다. 우리는 힘을 합쳐 식기구부터 작은 소품 하나하나까지 발품을 팔아 채워갔다. 음식을 담는 그릇에는 바다를, 식탁에는 나무를, 벽과 천장에는 식물로 실내장식을 완성했다. 그렇게 제주의 자연을 가게와 음식에 담기 위해 노력했다.

식당의 대표 요리는 재료 본연의 맛을 살린 꼬치로 정해졌다. 커다란 나무 도마에 제주에서 공수한 고기·해산물·채소·과일 꼬치가 놓이고, 손님들은 그것을 작은 개인 화로에 구워 다양한 소스에 찍어 먹거나 빵과 곁들여 먹는다. 이때 나무 도마는 그만의 작은 캔버스가 된다. 그의 손에 의해 다채로운 재료들이 조화롭고 멋들어지게 도마 위에 담긴다.

셰프가 한 명뿐인 작은 식당이었기에 예약제로 운영하기로 했다. 바쁜 날엔 내가 서빙을 도왔지만 평소엔 청소, 장보기, 예약받기, 요리, 서빙까지 모두 그 혼자서 했다. 원래 카페 공간이었기 때문에 시설이나 조리 공간도 부족했다. 몸도 고단했지만, 손님이 없는 것이 그를 더 힘들게 했다. 다시는 하지 않겠다고 다짐했던 식당 일이었지만, 그 어려운 길을 다시 선택한 그는 똑같이 힘들어하면서도 포기하지 않았다. 셰프로서 고민하고 성장하는 모습이 보였다. 나는 진심으로 그를 응원했다. 사람을 반짝이게 하는 것은 꿈이라고 생각한다. 설렘과 자부심으로 가득 찬 그의 눈은 그 어느 때보다 빛났다.

진심이 통한 걸까. 꿋꿋이 식당을 꾸려나가다 보니 점차 입소문이 나기 시작했다. 함께 일하는 직원들도 생기고 대기 손님도 생겨났다. 때마침 공실이 된 옆 가게를 합쳐서 별관까지 지었다. 좋은 소식은 연달아 찾아왔다. 간판을 할 돈이 부족해서, 내가 나무와 스텐실로 만든 간판이 서귀포 아름다운 간판 대상을 받기도 했다. 그러나 식당이 잘된다고 환호성을 부를 수만은 없는 것이, 식당 일이 얼마나 고되고, 매일이 전쟁 같은지 곁에서 지켜보는 나는 너무도 잘 알고 있다.

식당에선 감미로운 음악이 흐르고 창문 밖의 야자수잎이 바람에 하늘거린다. 식당을 찾은 손님들의 표정에도 여유가 느껴진다. 그 여유로운 시간을 위해 남편은 매일 새벽같이 장을 보고, 주방의 뜨거운 불 앞에서 더위와 싸우며 밤낮으로 음식을 만든다. 칼과 불에 손은 남아나는 날이 없고, 종일 서서 일하기 때문에 다리는 늘 퉁퉁 부어 있다. 하지만 그는 항상 식당을 찾아준 손님들이 맛있는 음식을 먹으며 행복해하는 모습을 보면 힘이 난다고 한다.

매일같이 고생하는 그를 위해 언제가 꼭 한번 그림을 그려주고 싶었다. 그림 속 식당은 손님도 음식을 만드는 셰프도 모두 무척 여유롭다. 그림 속에서라도 그가 즐겁게 그리고 여유롭게 음식을 만들면 좋겠다. 그림처럼 늘 즐겁게 요리하기를 늘 응원해, 성 셰프!

*

제주에 가면 고양이 식당이 있어요. 앞에는 귤나무가 가득하고
뒤로는 바다도 있어요. 그리고 그곳엔 개 셰프가 있어요. 개 셰프는

고양이와는 생김새도 식성도 다르지만, 고양이를 좋아해서 고양이 식당을 열었어요. 그곳엔 고양이 손님들로 늘 북적인답니다.

따사로운 햇볕 아래 작은 식당에서 개 셰프는 오늘도 맛있는 음식을 만듭니다. 고양이 손님들은 너무나 행복한 얼굴로 식사를 합니다.

그러면 개 셰프는 신이 나서 음식을 만듭니다. 오늘도 모두가 행복한 고양이 식당입니다.

꾸준히
사랑하는 일

사랑은 비를 타고

수국이 아름다운 어느 여름날, 남편과 우산 하나를 나눠 쓰고
길을 나섰다. 제주에는 이렇듯 갑자기 비가 내리는 변덕스러운 날
이 잦다. 평소와 달리 이날만큼은 날씨 탓을 하지 않아도 됐다. 빗
속에서 본 수국은 다른 어떤 날보다 향과 빛깔이 더욱 선명해서 좋
았기 때문이었다.

수국잎 위를 느릿느릿 기어가는 달팽이를 발견했다. 어릴 때는
자주 보았던 달팽이인데 어느 순간부터 잘 보이지 않았다. 환경오

〈사랑은 비를 타고〉, 한지에 채색, 36×36cm, 2019

염 탓인지 관심을 두지 않았던 탓인지, 그렇게 한동안 보지 못했던 달팽이를 제주에 와서는 종종 발견했다. 꼬물꼬물 느리게 기어가는 달팽이를 보기 위해 허리를 숙였다. 흔히 달팽이가 느리다고 생각하는데 비가 오면 이야기가 달라진다. 비 내리는 날 달팽이만큼 유연하고 빠르게 움직이는 동물이 또 있을까? 비가 오면 사람들은 물웅덩이를 피해 걷느라 걸음이 느려지지만 달팽이는 빨라진다.

빗물을 타고 부드럽게 미끄러지며 가는 달팽이를 보고 생각했다. 평소에 남들만큼 빠르지 않아도 괜찮다고, 그저 삶의 언덕을 만났을 때 달팽이처럼 더 유연하고 부드럽게 흐르듯 지나갈 수 있었으면 좋겠다고. 항상 느림보로만 보이던 달팽이는 꾸준히 앞으로 나아가 어느새 누구보다 먼 곳에 도착한다. 가끔 비를 만나기라도 하면 더 부드럽고 속도감 있게 나아간다. 사실 우리 삶도 마찬가지라는 생각이 든다. 앞서 뛰어가는 사람이 무조건 좋아 보이지만 그들도 넘어지는 순간이 있고, 폭우를 만나기도 한다. 삶은 꾸준하게 묵묵히 걷는 이들에게 결국 그 길을 내어놓는다.

사랑도 그러하다. 진짜 사랑은 비를 만났을 때 비로소 알게 된다. 자신의 우산을 기꺼이 내주고, 어깨가 젖어도 사랑하는 사람에게로 우산을 기울여주는 것. 비가 올 때나 오지 않을 때나 언제든 나만의 우산이 되어주는 것. 그런 것이 사랑 아닐까.

외국에서 살겠다고 했을 때 그리고 제주에 살겠다고 했을 때, 주변 사람들은 모두 비슷한 반응을 보이며 우리를 말렸다. "거기 가서 뭐 하고 살려고 그래. 도시에서 빨리 자리를 잡고 살아. 그래야 성공해." 그러나 그들이 말하는 성공과 우리가 생각하는 성공은 달랐다. 물론 돈도 벌고 남들처럼 성공해서 편하게 살고도 싶었다. 그러나 우리가 생각한 '성공'은 조금 느려도 삶에 중요한 것들을 포기하지 않고 균형을 맞추며 사는 삶이었다.

그래서 우리는 우리가 결정한 길로 천천히 그리고 꾸준히 걸었다. 익숙지 않은 길이라 쉽게 길을 잃기도 했고 물웅덩이에 빠지기도 했다. 폭풍우가 몰아칠 때도 있었다. 그때마다 그는 내게 빗물이 튀지 않도록 감싸주었다. 우리는 물웅덩이가 보이면 서로를 다리 삼아 도우며 건넜다. 갑자기 만난 폭우에도 피하거나 도망가지 않았다. 그렇게 열심히 쉬지 않고 걷다 보니 맑은 날도 오고 어떤 날엔 비를 타고 더 빠르게 걷기도 했다.

아직 도착점에 다 온 것도, 여정이 끝난 것도 아니지만 나는 안다. 우리는 계속 달팽이처럼 천천히 그러나 유연하게 흐르며 열심히 함께 나아가리라는 것을. 그러다 보면 만나겠지. 비 갠 후 선물처럼 나타난 오색빛 찬란한 무지개를!

*

누군가를 사랑하는 마음이 비를 타고 흐르면 좋겠다. 제주에 보랏빛
수국이 가득 피고 보슬비가 후두둑 내리면 어느새 달팽이가 나타나
서로에게 데려다준다.

너와 나의 마음이 만나는 사랑이 가득한 그곳에 수국이 피었다.
하늘에서는 꽃비가 내렸다. 세상이 온통 꽃비로 가득했다. 그것은
사랑의 빛깔이었다. 사랑은 느리게 비를 타고 온다.

보랏빛
루비 목걸이

어느 여름날, 차를 타고 종달리 해안가 도로를 달렸다. 길가를 따라 피어 있는 보랏빛 수국이 잠시 쉬어 가라며 우리를 향해 손짓했다. 그 다정한 손짓에 못 이기는 척 잠시 차를 세워두고 수국이 피어 있는 길을 천천히 걷기로 했다. 참 어여쁘다. 때마침 불어온 기분 좋은 바닷바람이 보랏빛 수국 향을 퍼뜨렸다. 바람은 수국 사이사이를 오가며 계속 꽃잎을 흔들었다. 작은 꽃은 파르르 몸을 떨었고, 큰 꽃은 좌우로 크게 몸을 흔들었다. 꽃들은 그렇게 사이좋게 서로의 몸에 기대어 있었다.

수국에 관심을 두게 된 것은 제주에 와서부터였다. 제주의 수국은 우리나라 향토 수종으로 '탐라 수국'이라고 불린다. 외래종 수국과 비교해보면 화려하진 않지만 소담한 아름다움을 가지고 있다. 잘 알려진 것처럼 수국(水菊) 한자에는 '물 수(水)'가 들어간다. 수국은 이름처럼 물을 좋아하는 꽃이기 때문에 조금만 건조해도 바로 말라버린다. 하지만 물속에 담가두면 금세 다시 살아나고, 물이 충분하다면 가장 오래도록 피어 있는 꽃이기도 하다. 게다가 토양 성분에 따라 꽃색이 변하는 신기한 특성이 있다. 처음엔 꽃잎이 흰색이지만 점차 청색이 되고 이후엔 붉은색이 더해져 보랏빛으로 물든다. 이런 모습 때문일까, 수국의 꽃말은 '변덕'과 '진심'이다. 그러나 실제로는 한번 수정한 뒤엔 꽃잎을 완전히 뒤집어버려 스스로 결혼한 꽃임을 알리는 영원한 사랑의 꽃이기도 하다.

남편과는 호주에서 처음 만났다. 한인이 별로 없는 서쪽의 아주 작은 도시에서였다. 나는 당시 영국 대학원을 준비하고 있었다. 영어 공부도 하고 여행도 할 겸 해서 잠시 호주에 머무르고 있었는데 그를 만나게 된 것이다. 호주 대학을 가기 위해 공부 중인 그와 스터디를 함께하게 되었고, 우리는 스피킹 파트너가 됐다. 어학

〈제주 수국〉, 50×65cm, 한지에 채색, 2017

원에서 공부한 경험이 있어 점수가 높았던 그는 내게 많은 도움을 주었다. 공부뿐 아니라 호주의 모든 것이 낯선 내게 좋은 가이드가 되어준 덕분에 우리는 빠르게 가까워졌다. 무엇보다 스피킹 공부의 특성상 개인적인 이야기를 할 기회가 많았는데, 나는 매번 우리가 말과 생각이 참 잘 통한다고 생각했다.

그러던 어느 날 그가 내게 인형과 편지를 내밀었다. "좋아해"라는 말을 남긴 그는 얼굴이 빨개진 채로 답도 듣지 않고 자리를 떠났다. 그런 그의 순수한 진심이 내 마음을 움직였다. 친구로 3개월, 연인으로 3개월을 지내면서 우리는 사소한 다툼조차 없었다. 그와 있으면 내가 완벽한 사람처럼 느껴졌고 무척 편안했다. 격정적인 사랑만이 진정한 사랑이라 믿었던 내게 그는 전혀 다른 방식의 사랑을 보여주었다. 그는 내게 늘 먼저 손 내밀어줬고 자신의 마음을 솔직하게 표현했다.

하루는 그가 파티에 함께 가자고 말했다. 당시 그는 공부하면서 한 요트 클럽의 셰프로도 일하고 있었는데, 직장의 헤드 셰프인 데미안이 자기 집에서 열리는 밴드 콘서트에 우리를 초대했던 것이다. 파티 당일, 우리는 설레는 마음으로 가죽 재킷을 커플로 맞춰 입고 파티장에 들어섰다. 이미 많은 사람이 마당 차고에서 파티를 즐기고 있었다. 우리도 자리를 잡고 밴드 음악을 즐기기 시작했다.

파티 중반이 지나자 록 밴드 콘서트는 절정에 다다랐다. 격정적인 연주를 끝낸 데미안이 마이크를 잡았다. 인사를 하려나 보다 했는데, 갑자기 나와 그를 가리키며 소개를 했다. "Come out Daniel and Lucy, come!" 대니얼과 루시는 그와 나의 영어 이름이었다. 데미안은 우리를 향해 다급하게 손짓했다. 갑작스러운 상황에 당황하고 있었는데 옆에 있던 그가 갑자기 나를 앞으로 데려갔다. 그러곤 무릎을 꿇더니 보랏빛 루비 목걸이를 내게 내밀었다. "Will you marry me, Lucy?" 그의 말에 나는 왈칵 눈물이 났다 "Marry me Lucy. 빨리 받아줘, 나 팔 아파. 하하." 그제야 정신이 든 나는 활짝 웃으며 목걸이를 받았다. 지켜보던 사람들이 손뼉 치며 환호해주었다. 그도 곧 자리에서 일어나 만세를 부르며 기뻐했다. 고맙다는 말과 함께 나를 꼭 안아주고 목걸이를 목에 걸어주었다. 사람들은 한 명씩 다가와 그와 나를 꼭 껴안으며 축하해주었다. 그로부터 3개월 후, 우리는 결혼식을 올렸다. 만난 지 꼭 1년만이었다.

인연을 만나는 데 시간, 장소, 조건은 중요하지 않았다. 나의 이상형도, 첫눈에 반한 것도 아니었지만 알 수 있었다. 그가 나의 반쪽이라는 것을. 흔히들 운명의 상대를 만나면 귓가에 종소리가 들린다고 하지만 우리의 첫 만남은 그렇게 특별하지 않았다. 그러나 그를 만나면서 나는 외롭거나 불안하지 않았다. 무엇인가 내 안에 가득 찬 느낌이 들었고, 그의 긍정적인 말과 배려심은 더 나은 사람이 되고 싶어지게 만들었다. 내가 수국이라면 그는 내 삶을 아름다운 빛깔로 변화시켜준 토양이었다.

＊

한 남자가 수국이 흐드러지게 피어 있는 한가운데 서 있다. 그는 풍성한 수국 꽃다발을 건네며 그녀에게 프러포즈했다. 알 듯 말 듯 한 표정의 그녀 곁으로 나비가 날아와 프러포즈 목걸이를 전해줬다. 그는 그녀에게 사랑을 맹세했다. 세월이 지나 꽃잎의 색이 바래져도 평생 당신의 물이 되어 오래도록 시들지 않을 사랑이 되겠노라고. 수국은 불어오는 바람에 조용히 보랏빛 꽃잎을 뒤집었다.

삼나무처럼
살기

모든 게 다 싫어지는 그런 날이 있다. 그날이 바로 그랬다. 별다른 이유 없이 신경이 곤두서 있었다. 즐거운 나들잇길이었는데 사소한 일로 남편과 다투고 말았다. 한동안 정적이 이어졌다. 퉁명스러운 목소리로 어디 갈 건지 묻는 그에게 치유의 숲에 가자고 나지막이 말했다. 이름에 이끌렸던 것일까 그냥 걷고 싶었던 걸까, 내가 즉흥적으로 떠올린 치유의 숲으로 향했다.

서귀포 치유의 숲은 한라산 중턱에 있는 한 산림욕장의 이름이다. 엉겁결에 말하긴 했지만 평소 숲 산책을 좋아하는 남편과 내가 좋아할 만한 장소였다. 주차하고 차에서 내린 우리는 말없이 걷기 시작했다. 숲으로 향하는 초입 길은 마치 어지러운 내 머릿속처럼 공사가 덜 끝난 너저분한 상태였다. 조금 더 들어가니 울창하고 아름다운 숲길이 나타났다. 빽빽하게 뻗어 있는 가지 사이로 햇빛이 새어 들어오고 있었다. 풍경을 보던 나는 멀찌감치 걷고 있는 그의 모습을 힐끔거렸다. 그러다 여전히 나는 안중에도 없는 모습이 보기 싫어져서 시선을 돌렸다. 그리고 이어폰을 꺼내 귀에 꽂았다. 피아니스트 백정현의 2016년 앨범 중 내가 가장 좋아하는 〈바람〉을 재생했다. 제목 그대로 바람이 느껴지는 피아노 선율을 따라 걷다 보니 머리가 조금씩 맑아졌다.

그렇게 한참을 걷다가 나무 표지판 하나를 발견했다. 표지판엔 '부부 삼나무'라고 쓰여 있었다. 커다란 두 나무가 원래 하나의 나무였던 것처럼 서로를 꼭 붙잡고 서 있었다. '이 나무는 언제부터 저렇게 하나의 뿌리로 이어진 걸까. 우리 부부는 언제쯤 하나로 이어질 수 있을까?'라는 생각이 순간 머리를 스쳤다. 마침 이쪽으로 걸어오는 남편의 모습이 보였다. 갑자기 조금 부끄럽다는 생각이 들었다. 듣기로 불교에서는 부부의 인연을 가리켜 7천 겁劫의 인연이 쌓여야 닿을 수 있는 인연이라 한다고 했다. 여기서 1겁은

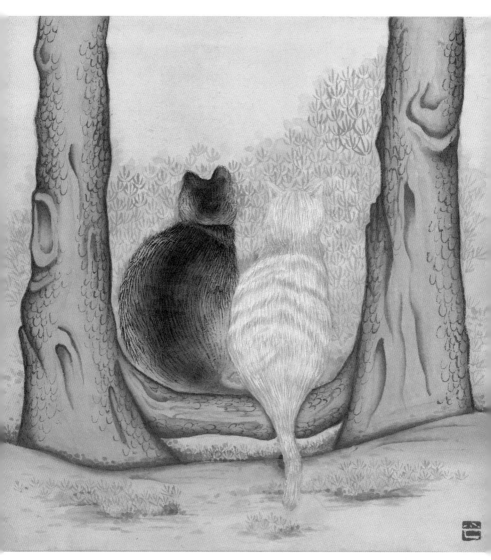

〈부부 삼나무〉, 25×25cm, 한지에 채색, 2017

백 년에 한 번씩 내려오는 선녀의 치맛자락에 바위가 스쳐서 닳아 없어지는 데 걸리는 시간이라고 한다. 그토록 소중한 인연이거늘 어찌 된 일인지 우리는 다투고 미워하기를 반복한다.

우리에게 찾아온 몇 번의 큰 위기를 떠올렸다. 개성이 강한 두 사람이 함께 살아간다는 건 쉬운 일이 아니었다. 게다가 우리는 가장 많이 싸운다는 신혼 시절을 가족도 친구도 없는 외국에서 보냈다. 살림살이도 집도 제대로 갖춰지지 않은 상태에서 각자의 일을 하고 있었기 때문에 그 불편함은 더욱더 심했다. 가장 서러웠던 건 다투고 나와도 갈 곳이 없다는 것이었다. 멀리 계신 부모님들이 걱정할까 봐 전화할 수도 없었다. 결혼을 후회하기도 했다. 하지만 결국 타국에서 믿고 의지할 사람은 서로밖에 없었고, 그래서 우리는 계속 대화를 했다. 서로가 원하는 것을 피력했고 고쳐줬으면 하는 것들, 바라는 점들을 솔직히 이야기하고 이해하며 알아갔다. 그렇게 우리는 다투면서도 서로를 포기하지 않았다. 그것이 우리 부부의 사랑의 형태였다.

그가 없었더라면 나는 어떤 사람이 되었을까, 하고 가끔 생각해본다. 혼자서도 나름의 어여쁜 구석을 만들며 살았겠지만, 지금처럼 아름답지는 않았을 것 같다. 여전히 티격태격하지만 이제는 서로를 보듬으며 한 아이의 부모로서 최선을 다하려고 노력한다.

　요즘은 비혼주의자나 딩크족 부부도 많다. 결혼과 육아는 지옥이라고 표현하는 이들도 있다. 물론 둘이 만나 더욱 뾰족해지고 망가지는 관계도 있다. 게다가 둘이 만나 단번에 시너지를 내는 것도 흔치 않은 일이다. 대부분 싸우고 부딪치는 과정이 필요하다. 서로 평등하게 함께 노력하는 부부만이 비로소 하나의 가족이 될 수가 있다. 노력이 수반되지 않는 관계란 없다. 나의 자양분을 나누고 하나의 몸으로 이어지는 과정은 당연히 고통스럽고 힘들 수밖에 없다. 그러나 하나로 온전히 이어진 나무는 그 어떤 나무보다 크고 단단하다. 부부 삼나무처럼 말이다.

　사람의 기억 저장법은 컴퓨터의 저장법과 달라서 온 감각으로 다 겪고 나서야 온전히 저장된다. 나는 나의 모든 감각을 이용해 부부 삼나무를 마음속 깊은 곳에 저장한다. 온전한 하나가 되길. 같은 곳을 바라보길. 오늘 더 사랑하길 바라본다.

*

부부란, 둘이 서로 반씩 되는 것이 아니라
하나로서 전체가 되는 것이다.

　　　―빈센트 반 고흐

우리에게
아기가 생긴다면

가을이 오면 제주에는 메밀꽃이 흐드러지게 핀다. 특히 오라
동 메밀꽃밭은 장관을 이룬다. 맨 처음 이곳에서 보았던 메밀꽃밭
풍경이 아직도 선명하다. 얼마나 강렬했던지 그날의 메밀꽃 잔향
이 몇 년이 지난 지금도 나는 듯하다. 그 감동을 다시 한번 느끼고
싶었던 나는, 어느 햇볕 좋은 가을날 오라동으로 향했다. 새로운
풍경을 찾아다니는 것을 좋아하는 내가 같은 풍경을 보기 위해 다
시 찾아가는 것은 무척 드문 일이었다. 시간이 지나도 문득문득 생

〈말 가족〉, 32×32cm, 한지에 채색, 2019

각날 만큼 오라동의 메밀꽃밭은 어딘가 특별했다.

두 번째 방문했을 땐 처음과는 달리 메밀꽃뿐 아니라 다른 풍경들도 눈에 들어왔다. 그곳에는 함께 어울려 놀고 있는 말 가족이 있었다. 진짜 가족인지는 알 수 없었으나, 아빠로 보이는 크고 잘생긴 말과 엄마로 보이는 날씬한 말 옆에 작고 귀여운 망아지 한 마리가 있었다. 아기 말이 뛰어노는 모습을 엄마, 아빠 말이 바라보고 있었다. 제주에선 흔하게 볼 수 있는 말이지만 너무도 다정해 보이는 말 가족에게 자꾸 시선이 갔다. 맑은 하늘과 완만한 언덕, 기분 좋게 내리쬐는 햇빛과 사이좋은 말 가족이 오순도순 정답게 모여 있는 모습이 눈부시게 아름다웠다. 남편과 나는 그 모습을 물끄러미 바라보았다. 문득 여러 생각이 들었다. 둘이라 외롭다고 느껴본 적이 없었는데 다정한 말 가족을 보니 어쩐지 생각이 많아졌다.

우리 부부는 딩크족으로 살자고 정하지는 않았지만, 각자의 일을 하느라 그리고 이곳저곳으로 이동하며 사느라 아이 생각이 없었다. 제주에 와서 자식 같은 고양이 도롱이를 만나고는 더욱더 그러했다. 그러다 보니 어느새 우리 부부는 결혼 후 아이 없이 둘이서 8년을 살았다. 그런데 어느 순간 주변에서 하나둘 아이 소식이 들려왔다. 부모님도 아이를 기다리는 눈치였다. 하지만 우리는 둘이서 충분히 행복했고, 아기를 낳은 친구들이 자신의 작업을 포기하는 모습을 지켜봐온 나로서는 아이를 낳아야겠다는 생각이 도무지 들지 않았다. 그래서 '이제 아기를 갖자'는 남편의 말을 애써 외면하고 있었다. 내겐 더 많은 꿈과 목표가 있었다. 그러나 아기가 생기면 그 모든 걸 포기해야 할 것 같아서 두려웠다.

시간이 지나, 하고 싶던 일과 이루고 싶은 일들을 꽤 많이 이루게 되었지만 예전만큼 즐겁지 않았다. 그때 직감했다. 나의 인생에 무언가 새로운 페이지가 쓰여야 한다는 것을. 게다가 내 나이는 어느덧 30대 후반을 향하고 있었다. 더는 미룰 수 없다는 생각이 들었다. 이미 노산인 데다가 아무리 피임을 했어도 아직 아이가 생기지 않은 걸 보면 불임(난임)이 의심되니 검사해봐야겠다는 생각이 들었다. 갑자기 마음이 급해졌다. 제주에는 불임 병원이 몇 곳 없었기 때문에 우리는 부랴부랴 차를 달려 1시간 거리의 제주시에 있는 전문 병원에 갔다.

남편의 검사를 마친 의사는 무서운 얼굴로 불임 가능성이 있다며, 임신 가능성에 대한 확률과 수치를 이야기했다. 잘못한 것도 없는데 왠지 죄지은 사람처럼 느껴졌다. 막상 그런 말을 들으니 아이를 바라는 마음이 더 간절해졌다. 그리고 내 차례가 되었다. 의사 선생님은 나의 자궁에 아기집 같은 것이 보이니 생리를 하지 않으면 다시 한번 검사하자고 했다. 우리는 그 말이 무슨 말인지 정확하게 이해하지 못한 채 어안이 벙벙해져 집으로 돌아왔다.

그로부터 며칠 뒤, 나는 예전부터 계획되어 있었던 제주 작가들과 여행을 가게 되었다. 한지박물관에 가서 한지에 대한 설명도 듣고, 직접 만들어보고, 주변 관광도 하는 여행이었다. 여행 전날, 짐을 꾸리고 있는데 무언가 이상한 기분이 들어서 남편에게 퇴근길에 임신 테스트기를 사달라고 했다. 결과는 두 줄이었다. 혹시나 하는 마음에 다음 날 아침 다시 한번 확인해보았다. 결과는 같았다. 선명한 두 줄이었다. 기쁘고 놀란 마음으로 우리는 서로를 바라보았다. 그러나 놀람도 잠시, 약속 시간이 다가오고 있었다. 나는 채비를 마치고 서둘러 집을 나섰다. 울렁울렁한 마음으로 대구행 비행기에 올랐다. 왠지 조심스러워서 옆자리에 앉은 동료에게만 살짝 귀띔하고 다른 일행에게는 이야기하지 않았다. 물론 여행 일정 후반에 접어들 때쯤, 술도 먹지 않고 극도로 조심하는 나의 모습에 일행 모두가 알게 되었지만 말이다. 사람들의 축하를 받았지만 여전히 실감이 나지 않았다. 그래도 병원에서 확답을 듣기 전까진 확신할 수 없었다. 너무나 소중해서 마냥 기쁘기보다는 조심스러웠던 것 같다.

여행 내내 마음을 졸이던 나는 집에 오자마자 남편과 함께 산

부인과에 갔다. "네, 임신 맞네요. 5주 되었어요. 축하드립니다." 의사 선생님의 말을 듣고 나니 그제야 실감이 났다. 갑작스럽게 찾아온 축복, 복덩이가 우리에게 와주었다. 결혼할 때 둘이 하나가 되는 느낌이라 생각했는데, 이제는 내 안에 또 하나의 생명이 자라나고 있었고 우리는 셋이 되었다. 난생처음 느껴보는 감정이었다. 말로 표현할 수 없을 정도로 벅찬 감동이 밀려왔고, 안도와 기쁨이 뒤섞여 눈물이 났다. 아기가 생기면 어떻게 하지, 하고 걱정했던 생각들이 모두 사라지고 거짓말처럼 환희라는 감정으로 바뀌었다. 그리고 이듬해 봄, 딸 예봄이가 우리 품에 안겼다.

*

메밀꽃이 휘날리는 꽃밭에서 놀고 있는 말 가족을 바라보며 고양이 두 마리가 이런 대화를 나누었다.

"여보, 우리에게 저런 아기가 생긴다면 어떨 거 같아?"

"나와 당신, 그 누구를 닮아도 너무너무 좋을 거 같아."

아이를 바라보는 부모 말의 애정 어린 눈빛, 행복으로 가득한 아기 말의 눈빛. 서로를 향한 눈빛 속에 가족이란 단어가 담겨 있다. 넘치는 말 가족의 사랑이 하얀 메밀꽃을 타고 넘실거렸다.

머리 쿵,
엄마의 마음

예쁜 봄날이라는 뜻의 이름을 가진 아기 예봄이는 봄에 태어나서 그런지, 플로리스트인 할머니를 닮아서 그런지 꽃을 참 좋아한다. 가만히 꽃을 바라보고 서 있는 뒷모습을 보고 있노라면 신기하기 그지없다. 두 발로 서기 시작할 즈음부터 '머리쿵 가방'을 어깨에 메주었다. 이 가방에는 아기가 넘어져도 머리를 받쳐줄 수 있는 보호 쿠션이 달려 있다. 이름처럼 생김새도 귀엽고 종류도 다양한데, 그중에서 엄마들이 가장 많이 애용하는 건 꿀벌 모양 가방이

118

〈머리쿵〉, 52×50cm, 한지에 채색, 2021

다. 예봄이가 그것을 어깨에 메고 밖을 바라보는 모습은 정말 심장에 해로울 정도로 심쿵한다. 기저귀를 차서 빵빵한 엉덩이, 몸보다 큰 머리, 짧고 오동통한 손과 발까지 무척이나 귀엽다. 그런 아기의 뒷모습이 너무나 사랑스러워 사진을 찍어두었다. 사진을 볼 때마다 꼭 그림으로 그려봐야지, 하고 생각한다.

머리쿵은 정말 엄마의 마음이 담긴 발명품 같다. 24시간 아기 곁을 지키고 있지만 그래도 자꾸만 넘어지는 아기가 걱정인 엄마의 사랑이 듬뿍 담긴 애정 가득한 가방이다. 아기는 그런 엄마의 관심과 애정을 먹고 무럭무럭 자란다.

엄마가 내게 입버릇처럼 하던 말이 있다. "너도 너 같은 딸 낳아봐야 알아." 그런 엄마의 말이 현실이 된 요즘, 아기를 낳으니 비로소 엄마의 마음이 보인다. 지금까지 크게 아프거나 다치지 않고 살아온 것이 처음엔 스스로 한 일인 줄로만 알았다. 하지만 엄마가 되어 수시로 아프고 다치는 아기를 보니, 내가 이렇게 건강하게 클 수 있었던 것은 모두 엄마의 관심과 사랑 덕분이었음을 새삼 깨닫는다.

우리 엄마는 나와 여동생과 남동생 이렇게 3남매를 키우면서 일도 하는 슈퍼 맘이었다. 지금 생각해보면 하나를 키우는 것도 이렇게 힘든데, 우리 엄마는 참 대단하다 싶다. 가난한 집의 장남인 아빠와 셋째 딸인 엄마는 지방에서 도시로 올라와 열심히 일하며 우리를 키웠다. 첫째 딸인 나는 우리 집이 가장 힘들었던 때를 기억한다. 어린 나는 엄마가 가게로 출근할 때 함께 나가서 가게 한쪽에 앉아 종일 장사 놀이를 하거나, 배달 나가는 아버지 오토바이에 함께 타고 이곳저곳을 다녔다. 그렇게 바쁘고 치열하게 사는 만큼 우리 집 형편은 점점 나아졌다.

처음 우리 집이 생겨 이사 가던 날도 기억난다. 이제 우리에게는 행복만 있을 것 같았다. 그러나 인생은 그렇게 늘 좋은 쪽으로만 흘러가지 않았다. 갑자기 많은 돈을 벌게 된 아버지는 여러 가지 사업과 도박에 손을 대기 시작했고 부부 싸움은 잦아졌다. 엄마는 늘 예민했고 아팠다. 엄마의 고통을 이해하기에 나는 너무 어렸고 매일 화내고 혼내는 엄마가 미웠다. 그래서 '저런 엄마는 되지 말아야지' 하고 생각했던 순간도 있었다.

부모님의 이혼 후 엄마는 동생들을 데리고 미국으로 이민 갔다. 지금은 이해할 수 있게 되었지만 그 당시의 나는 버려졌다는 생각에 이혼한 부모님을 많이 원망했다. 친한 친구들에게조차 말하지 못할 정도로 큰 상처가 됐다. 그러다가 시간이 지나 결혼을 하고 보니 그 생활이 얼마나 어려운지 알게 되었다. 하지만 여전히 엄마를 진심으로 이해하지 못했음을 고백한다. 가장 상처받고 가장 힘든 사람은 나였다는 피해 의식이 내 안 깊숙한 곳에 남아 있었다.

그런 나에게 부모님을 온전히 용서하고 나의 상처를 똑바로 마주할 수 있는 계기가 생겼다. 임신과 출산, 이 두 가지는 내게 큰 변화를 가져다주었다. 아기를 배 속에 품고 있는 10개월 동안 나는 부모의 마음을 알게 되었다. 이 시기에 엄마가 어떤 마음으로 아기를 품고 견디는지를, 아빠가 어떤 마음으로 엄마를 챙기고 아기를 기다리는지를 깨달았다.

아쉽게도 나는 임신 기간과 출산 모두 엄마와 함께하지 못했다. 미국에 계셨고, 코로나19까지 겹쳤기 때문이다. 감사하게도 시어머니께서 엄마처럼 살뜰히 챙겨주시고 돌봐주셨지만, 엄마가 보고 싶은 건 어쩔 수 없었다. 드라마를 보다가도 엄마 생각에 눈물이 났다. 우연히 본 드라마에 산모가 등장했다. 그 장면 속 모든 가족의 시선은 산모가 아닌 아기에게 쏠려 있었다. 그때 유독 산모에게 눈을 떼지 못하고 다가오는 한 사람이 있었다. 산모의 엄마였다. 아기의 엄마이기 전에 딸이기도 한 그녀는 엄마의 품에 안겼다. 호르몬 변화로 눈물이 많아진 임신 말기에 그 장면을 본 나는 목이 멜 정도로 펑펑 울고 말았다.

어차피 코로나19 때문에 남편 외의 사람은 병원에 함께 있지 못하지 않느냐고 자신을 위로했지만, 그 순간 엄마도 함께했으면 좋겠다는 마음이 드는 건 어쩔 수 없었다. 평생을 통틀어 가장 아프고 힘들다고 할 수 있는 출산의 고통을 겪은 후 건강한 아기가 태어났다. 뜨겁고 붉은 갓 태어난 아기가 나의 배에 얹어졌다. 기쁨, 환희, 눈물, 안도 등 다양한 감정이 뒤섞인 채로 나는 그렇게 엄마가 되었다.

그러나 아기를 낳는다고 바로 엄마가 되는 것은 아니었다. 아기와 함께 엄마도 성장해야 했다. 엄마가 되는 과정은 무수히도 자신을 깨는 과정이었다. 아직 1년밖에 되지 않은 초보 엄마이지만 엄마가 아기를 사랑하는 마음이 얼마나 큰지, 엄마가 되는 일이 얼마나 어려운지 안다. 모든 것을 다 아는 어른이라 생각했던 엄마는 지금의 나보다 더 어릴 때 나를 낳고 키웠다. 엄마도 처음부터 엄마가 아니었다는 걸, 마음이 부족해서가 아니라 서툴러서였다는 걸 그리고 힘든 결혼 생활 속에서도 너무도 훌륭하게 우리를 키워냈다는 걸 이제는 알게 되었다.

아기 덕분에 엄마와 더 가까워졌다. 이제는 엄마와 친구처럼 이런저런 사는 이야기를 하며 자주 통화한다. 크고 작은 이야기 속에서 엄마의 현명함과 신중함을 배운다. 누군가에게 잘 상의하는 성격이 아닌 내가 유일하게 묻고, 이야기할 수 있는 사람은 바로 엄마다. 어렴풋하게 이해하는 엄마의 마음과 여전히 많은 물음들. 나는 예봄이에게 어떤 엄마가 되고 싶을까? 어떤 엄마로 비칠까? 좀처럼 답을 알 수 없는 질문들이지만 한 가지는 분명하다. 나는 우리 엄마 같은 엄마가 되고 싶다. 현명하고 지혜롭고 강인한 엄마.

엄마, 우리 키운다고 고생 많았어요. "늘 건강하세요, 사랑해요."

*

머리쿵은 24시간 아기의 곁을 지키고 있지만 그래도 자꾸만 넘어지는 아기가 걱정인 엄마의 사랑이 듬뿍 담긴 애정 가득한 가방이다. 아기는 그런 엄마의 관심과 애정을 먹고 무럭무럭 자란다.

당신과 그곳에
살고 싶다

十年不到香雪海 십년부도향설해

梅花憶我我憶梅 매화억아아억매

何時買舟冒雪去 하시매주모설거

便向花前傾一杯 변향화전경일배

10년간 향설해에 가보지 못했는데

매화가 나를 기억하고 나 또한 매화를 잊지 않았네

언제쯤 배를 사서 향설해를 보러 가려나

꽃을 앞에 두고 한잔 술 기울이네

— 오창석(吳昌碩, 1844~1927), 〈향설해香雪海〉

　　매실나무의 꽃인 매화는 봄을 가장 먼저 알리는 꽃이다. 눈보라 속에서도 고고하게 피어난다고 하여 동양화에 자주 등장하는 매화는 군자의 절개를 상징하는 꽃이기도 하다. 청나라 말기의 화가 오창석의 한시 〈향설해〉는 매화의 특성을 잘 나타낸다. 그는 하얀 매화가 만발한 모습을 그림에 담고, 향기로운 눈꽃이 바다를 이룬다는 뜻의 향설해를 작품의 제목으로 지었다.

　　내가 처음 '향설해'의 감동을 느낀 것은 예전에 우연히 본 고람 전기(古藍 田琦, 1825~1854)의 그림 〈매화초옥도梅花草屋圖〉에서 였다. 눈송이처럼 하얗디하얀 매화 꽃잎이 흩날리면서 바다처럼 일렁이는 그림이었다. 이 그림을 보고 나니 사람들이 왜 매화를 향설해라 불렀는지 이해가 됐다. 〈매화초옥도〉의 작가 전기는 불과 서른 살의 젊은 나이에 요절한 조선 후기의 남종 문인 화가다. 그는 비록 신분은 높지 않았으나 시와 그림에 재능이 뛰어났다. 눈 덮인 산야에 하얀 매화꽃이 가득 피어 있는 풍경과 친구를 향해 가고 있는 자신의 모습이 담긴 〈매화초옥도〉. 매화를 좋아하는 친구를 위

〈향설해〉, 45.5×53cm, 한지에 채색, 2017

해 그린 그림이기 때문일까, 먹으로 그린 그의 그림은 무채색이지만 무척이나 따스하다.

봄이 빠르게 찾아오는 제주에서도 매화는 그 무엇보다 빠르게 봄을 알려주는 역할을 한다. 매화를 쉽게 만날 수 있는 제주에서는 특별히 매화 축제에 가지 않아도 길에서 쉽게 봄을 만날 수 있다. 집 근처에 걸매생태공원이라는 곳이 있는데 이곳은 동네 사람들이 모두 아는 매화 명소다. 평소엔 좀 휑한 느낌이 들지만, 매화가 피는 계절이 되면 꽃구경 나온 사람들로 가득하다. 올해는 나도 매화의 개화 소식이 들리자마자 이곳으로 향했다.

바람이 불자 길을 따라 쭉 늘어선 매화나무에서 하얀 꽃잎이 정말 눈처럼 휘날렸다. 꼿꼿한 매화나무에 작고 하얀 매화꽃이 팝콘처럼 펑펑 피어나 나뭇가지를 감싸고 있었다. 자세히 들여다보면 꽃 안에 작고 귀여운 노란 수술이 하얀 매화꽃을 더욱 돋보이게 했다. 매화가 가득한 그 길을 남편과 천천히 걸었다. 꽃이 좋아지면 나이가 든 것이라는데 이제 나도 나이를 먹은 걸까라고 생각하며 주위를 둘러보니 아기와 가족, 친구와 연인이 보였다. 그들의 얼굴에 웃음꽃이 피어 있는 것을 보니 매화는 나이를 불문하고 모두에게 사랑받는 것이 분명했다. 결국 꽃을 보러 온다는 것은, 꽃

이 담고 있는 그 계절과 풍경을 함께 느끼러 오는 것이라는 생각이
들었다.

지루하고 메마른 일상 속에 피어난 꽃은 쉼표가 된다. 철마다
피어나는 꽃들은 계절을 지날 때 쉬어 가는 휴게소 같다. 우리의
삶은 대부분 고속도로 위에 있는 것처럼 앞을 향해 끝없이 달린다.
그러나 달리고 달리다 보면 언젠가는 지치기 마련이다. 그래서 우
린 가끔 휴게소에 들러서 쉬어 가야 한다. 그래야 남은 길을 안전
하게 달릴 수 있다.

이곳 제주에서 우리는 여전히 바쁘게 살고 있지만 언제든 잠
시 꽃을 볼 수 있는 작은 여유가 있다. 그런 제주의 삶을 나는 사랑
한다. 아무리 바쁘고 힘들어도 계절마다 피는 꽃을 꼭 보러 오겠다
고 남편에게 그리고 꽃을 향해 약속했다. 긴 겨울 끝에 찾아온 선
물 같은 봄의 매화. 누구와 함께인가에 따라 달라 보이는 풍경들.
내년 봄에는, 봄이라는 이름을 가진 딸과 매화를 보러 꼭 다시 와
야겠다.

＊

매화의 바다에서 한가로이 노니는 말 부부. 자그마한 돌집에서

사랑하는 이를 기다리는 여인이 있는 집을 향해 바삐 걷는 남자. 모든

풍경이 그림이 된다. 여기에 무엇이 더 필요하겠는가. 매화꽃이 머리에 내려앉은 듯 머리가 하얗게 셀 때까지 그렇게 당신과 평생토록, 매화 향 가득한 이곳에 작은 집 하나 짓고 오론도론* 산다면 참으로 황홀하겠다.

* 오론도론 : '오순도순'의 제주도 방언.

너와 나의
고향

고향의 사전적 의미를 찾아보면 자기가 태어나서 자란 곳, 조상 대대로 살아온 곳을 가리킨다. 혹은 마음속에 깊이 간직하고 있는 그립고 정든 곳을 의미하기도 한다. 내게 제주는 오랜 기간 살아온 곳은 아니지만, 마음 깊이 간직한 그립고 정든 곳이니 제2의 고향이라 할 수 있겠다. 그리고 작년 봄, 제주는 내게 좀 더 특별해졌다. 딸 예봄이의 고향이 되었기 때문이다. 아기가 태어나고 남편과 혈연으로 이루어진 진짜 가족이 된 것 같은 기분이 들었는데,

우리가 함께 사는 제주 역시 예봄이로 인해 더 가깝고 특별하게 느껴진다.

제주의 옛 민화와 내 그림이 미술관에 함께 전시된 적이 있었다. 그때 전시되었던 그림 중 조선 후기에 그려진 〈삼호도〉라는 그림이 있다. 화면을 가로지르는 나무 아래 엄마 호랑이 한 마리와 아기 호랑이 두 마리가 놀고 있는 그림으로, 색이 거의 없이 수묵으로 그려진 작품이었다. 당시에는 '귀엽고 익살스러운 호랑이네' 하고 대수롭지 않게 넘어갔는데, 시간이 지나 아기를 낳고 엄마가 된 이후에 어느 날 문득 그 그림이 떠올랐다. 마침 그림을 그리고 있었기에 '한번 그려볼까?'라는 생각이 들어서 붓을 고쳐 잡았다.

원작은 그냥 땅 위에 있는 호랑이였지만 나는 제주를 상징하는 섬과 파도를 그려 넣었다. 그다음에 내가 좋아하는 파스텔 톤의 분홍색 엄마 호랑이와 엄마를 똑 닮은 새끼 호랑이들을 그렸다. 그림 속 엄마 호랑이는 거친 파도가 넘실대는 작은 제주 안에서 아이들의 든든한 섬이 되어주었다. 아이들은 마음 놓고 놀고 있고 엄마는 아이들을 사랑스럽게 바라본다.

사람들에게 고향이란 어떤 의미일까? 마치 엄마처럼 나의 뿌리가 시작되는 곳이 아닐까? 훗날 지방이든, 외국이든, 어디에 살

〈삼호도〉, 91×91cm, 한지에 채색, 2021

든 간에 내가 태어나고 자란 곳은 평생 가슴 깊은 곳에 각인되는 것 같다. 제주에서 태어난 나의 아이. 나의 선택으로 제주에 살게 되었지만, 아이가 이곳을 좋아했으면 좋겠다. 자연과 더불어 살면서 밝고 건강하게 자랐으면 좋겠다. 훗날 어느 곳에서든 인생의 거친 파도를 만났을 때, 제주라는 섬이 그리고 엄마가 흔들리지 않는 단단한 땅이 돼줄 수 있으면 좋겠다.

*

아가야, 너의 고향 제주는 바다가 참 아름다워. 엄마는 네가 푸르른 바다를 보며 투명하고 깊은 사람이 되길 바라. 그리고 사방에 있는 둥근 오름처럼 둥글게, 때론 몸을 낮추며 주변을 살피는 사람이 되길. 푸르른 숲에서 여러 동물과 뛰어놀며 우리는 자연과 동물 모두와 함께 살고 있음을 배우길. 제주에서의 기억이 너의 가장 깊은 곳에 깃들어 네가 힘들 때마다 밝은 빛을 뿜어주길.
무엇보다, 거친 파도에도 너를 지켜줄 엄마가 항상 너의 곁에 있다는 것을 기억하길 바라.

— 사랑하는 나의 아이에게, 너의 엄마가

세 번째 선물, 제주에서 만난 사람들

오늘도 조용히
치열하게

제주 빨래터

서귀포 법환포구 근처를 산책하다가 우연히 물웅덩이를 보게 되었다. 바다를 막아서 만들어놓은 개천 같은 곳이었는데, 해녀들의 물질 연습장인지 아이들 수영장인지 궁금하여 가까이 가보았다. 그 앞에는 '동가름물' '서가름물'이라고 적힌 작은 안내판이 있었다. 암반 밑에서 맑은 자연 용천수가 흘러나오는 곳으로 예로부터 동가름물은 주로 빨래터로, 서가름물은 식수로 사용했다고 한다. 여기서 '가름'이라는 말은 제주도 사투리인데 '마을'을 뜻하는 말이다. 풀

136

〈제주 빨래터〉, 33.5×33.5cm, 한지에 채색, 2021

이하자면 동쪽 마을 물과 서쪽 마을 물쯤으로 해석할 수 있다.

실제로 조금 떨어진 곳에 빨래하는 아주머니들이 계셨다. 늘 하는 일인 양 능숙한 모습이었다. 세탁기 없는 집을 찾아보기 힘든 요즘 시대에 개울 빨래라니, 오랜만이기도 하고 낯설기도 한 장면이라 한참을 지켜보았다.

"삼춘들, 손 안 실렵수과(아주머니, 손 안 시리세요)?" 내 옆에 서 있던 남편이 제법 능숙한 사투리로 빨래하는 아주머니들께 질문을 던졌다. "하꼼도 안 실렵다게(하나도 안 시렵다)." 아주머니는 우리를 향해 짧고 힘차게 대답하고 빨래를 계속하셨다. 꽤 쌀쌀한 날씨였다. 아주머니들은 얼음같이 차가운 물에 손과 발을 담근 채 빨래에 열중하고 계셨다. 익숙하기 때문인지 혹은 본인 손으로 직접 해야 직성이 풀려서인지는 알 수 없었지만, 세탁기가 없어서 이곳에서 빨래하고 계신 것이 아닌 건 분명했다.

제주에 살면서 종종 마주치는 이런 풍경을 보면, 제주 여인들의 강인함을 느낄 수 있다. 얼음장 같은 겨울 바다에 아랑곳하지 않고 입수하는 해녀도 그렇고 온 가족의 빨랫감을 들고 빨래터에 나와 있는 여인들의 모습을 봐도 그렇다. 제주에 살면서 가장 놀라운 점이 바로 그런 것이었다. 남성 위주의 유교 사상이 뿌리 깊은 우리나라에서도 유독 제주만은 여성의 권위와 역할이 컸다. 아마 섬이라는 지리적 특성 때문일 것이다. 생계를 위해 남자가 바다에 나간 사이 여성들이 가정을 지키는 일이 많아서였겠지만, 그렇다 해도 제주 여성의 이미지는 예나 지금이나 무척 강하다. 제주에 전해져 내려오는 이야기 속 위인이나 신화 속의 신들도 대부분 여성형이며, 모두 적극적이고 능동적이다. 그런 면에서 나는 제주의 여성들을 더 존경하게 되었는데, 한편으로 연민의 감정이 들기도 한다.

제주에는 마을마다 가장 오래되고 커다란 나무 아래에 평상이 있다. 그곳은 마을의 할아버지들이 모이는 곳으로 늘 만석이다. 반면 그곳에 앉아 있는 할머니를 뵌 적은 별로 없다. 아마도 감귤밭에도 가야 하고 물질도 해야 해서 무척 바쁘기 때문일 것이다. 물론 그렇지 않은 집도 있겠지만 다른 지역에 비해 제주 여성들의 하루는 여전히 분주하다. 이제 먹고살 만해졌는데도 그들의 억척스러움은 그렇게 유별난 데가 있다.

어느 날 앞집 아주머니가 내게 귤 따는 아르바이트를 하지 않겠느냐고 물어 오셨다. 겨울에 감귤밭에 일손이 부족하니 알바를 하라며 몇 번을 오셔서 말씀하셨다. 그때마다 "저도 하는 일이 있어 바빠서요"라고 말씀드렸다. 뒤늦게 생각해보니 앞집 아주머니가 보시기에는 집에 틀어박혀 작업하고 그림 수업하는 내가 백수로 비쳤을 수도 있겠다 싶었다. 이 작은 사건을 계기로 주변을 돌아보니 제주에는 열심히 일하는 여성들이 정말 많았다. 아내로도 엄마로도 그리고 생활인으로도 강인한 제주 여성들의 모습은 내게 많은 자극이 됐다.

남편 없이도 척박한 제주에서 자식을 부양하며 꿋꿋이 살아가는 그녀들에 비한다면 나의 상황은 아주 힘든 것은 아니지만, 나 또한 엄마와 아내 그리고 선생님과 화가로 사느라 늘 분주하고 바쁘다. 일과 육아를 동시에 하다 보면 지칠 때가 많은데, 그런 날엔 차가운 바다에서 빨래하는 그녀들을 떠올리곤 한다. 추운 겨울 날씨에도 가족을 위해 열심히 빨래를 두드리던 모습, 그 힘찬 방망이질을 말이다. 나는 제주 여인들의 방망이질만큼 힘찬 발걸음으로 출근길에 나선다. 출근하는 엄마를 배웅하는 아이 얼굴을 보면 가슴이 찌릿하고 아프지만, 마음을 다잡고 힘을 내본다. "엄마 오늘도 힘내서 잘 다녀올게! 이따 보자!"

*

노을이 지는 제주의 바닷가. 바다와 해가 만나면 하늘과 바다가 온통 분홍빛으로 물든다. 아마도 옛 빨래터는 더욱 분주했겠지.

집에 빨리 가자며 재촉하는 아이 옆, 물질을 마친 해녀의 손이

용구를 정리하느라 분주하다. 또 다른 한쪽에서는 열심히 빨래를
하는 여인들이 있다. 그 옆에 고양이는 꾹꾹이를 하며 빨래를 거들고
있겠지. 오늘도 조용히 치열한 제주 빨래터의 모습.

해녀의
주름

바닷가를 지나다가 우연히 해녀들의 숨비소리를 들은 적이 있다. '숨비소리'는 해녀들이 물질을 마치고 물 밖으로 올라와 가쁘게 내쉬는 숨소리를 말하는데, 흡사 돌고래 소리 같기도 하고 새소리 같기도 하다. 그 어떤 악기보다 아름답고 구슬프게 느껴진다. 인간에게 숨을 참는 것만큼 고통스러운 일이 또 있을까. 제주에는 살기 위해 숨을 멈춰야만 하는 사람들이 있다. 나는 해녀들이 내는 그 오묘한 소리를 들으며 바다를 한참 동안 바라보았다.

〈Yellow age 제주 해녀 1〉, 52×52cm, 한지에 채색, 2016

제주에서 개최되는 여러 전시를 보며 든 생각 중 하나가 왜 유독 해녀의 그림은 어둡고 무거울까였다. 연약한 여자의 몸으로 가족의 생계를 책임져야 했던 이들을 향한 연민, 목숨을 걸고 거친 바다와 싸워 이겨낸 여전사에 대한 존경, 어머니 혹은 아내와 딸을 거친 파도에 내보내야 했던 제주인들의 한恨이 그림에 담겼겠구나, 하고 짐작해본다. 그리고 나도 해녀를 그림에 담으며 그들을 떠올려본다. 해녀의 얼굴의 주름을 하나하나 그리다 보니 많은 생각이 교차했다. 한 가정을 지켜내기 위해 목숨을 걸고 살아낸 여인의 훈장 같은 주름을 그리며 진정한 아름다움에 대해 생각했다.

제주도 구좌읍 종달리에 '해녀의 부엌'이라는 공간이 있다. 연극 공연을 보며 식사를 할 수 있는 곳으로, 부둣가의 낡은 어판장을 개조해 만든 공간이다. 이곳에서는 해녀가 직접 잡은 해산물, 해녀의 삶을 그린 연극, 실제 해녀들을 한자리에서 만나볼 수 있다. 평소에 해녀에 관심이 많았던 나는 곧바로 전화를 걸어 예약했다. 해녀에 대해 더 깊이 알고 싶었지만 마땅한 방법을 찾지 못했는데, 이렇게 해녀의 부엌에 대해 알게 되어 무척 반가웠다.

설레는 마음으로 도착한 그곳은 겉보기엔 평범한 어판장 창고로 보였다. 그 안으로 들어서니 그물과 테왁(해녀가 물질할 때, 가슴에

〈Yellow age 제주 해녀 2〉, 52×52cm, 한지에 채색, 2016

반쳐 몸이 뜨게 하는 공 모양의 기구)으로 꾸며놓은 벽과 샹들리에가 눈에 들어왔다. 독특하면서도 고급스러운 느낌의 인테리어였다. 공간 가장 안쪽에 커튼이 쳐져 있는 무대가 있었고, 무대를 마주 보고 긴 테이블과 개인 좌석이 마련되어 있었다.

얼마 뒤 공연이 시작됐다. 긴 암막 커튼이 걷히고 무대가 나타났다. 해녀복을 입은 젊은 여인 여럿이 나왔는데, 그들은 모두 한예종(한국예술종합학교) 출신의 배우들이었다. 젊은 배우들의 제주 사투리 연기가 처음엔 조금 어색하게 느껴졌지만, 점차 이야기에 몰입하게 되었다. 공연의 마지막엔 실제 해녀 일을 하는 할머니께서 등장했다. 할머니가 어머니와 만나는 장면에서 눈물이 왈칵 쏟아졌다. 슬픔이 오면 슬픔을 먼저 보내주고, 기쁨이 오면 기쁨을 보내주는 삶. 슬픔도 기쁨도 모두 바다에 있는 해녀의 삶에 연민과 존경 외에도 말로 표현하기 힘든 다양한 감정이 떠올랐다.

연극이 끝나고 무대 인사 전 짧은 설명이 이어졌다. 이 연극은 종달리 최고령 89세 해녀 할머니의 실제 이야기를 연극화한 것이라고 했다. 할머니가 다른 배우와 함께 인사를 하러 나오셨는데, 이야기를 듣고 할머니를 대하니 또 눈물이 나서 혼이 났다. 무대 인사 이후에는 해녀분들이 채취한 해산물에 대한 설명도 듣고, 준비된 다양한 해산물 요리를 먹었다. 기획자님의 말에 따르면 젊은 사람 중에 해녀를 하겠다는 이가 없어서 몇십 년 안에 해녀가 사라질 수도 있다고 했다. 이런 위기 상황 속에서 해녀 문화를 지키고 해녀들의 안정적인 수입원을 만들고자 '해녀의 부엌'을 기획한 것이라고 했다.

앞서 공연이 끝나고 해녀 할머니와 사진 찍을 수 있는 시간이 주어졌을 때, 나는 할머니께 다가가 내가 만든 책을 건넸다. 해녀를 그린 페이지를 펼쳐서 보여드리며 평소에 갖고 있던 마음을 전했다. 저는 화가인데 해녀를 존경하고 멋지다고 생각해 그렸다고. 건강하게 오래오래 사셨으면 한다는 말을 조용히 덧붙였다. 지난 시간이 무척 고되었겠지만, 이제는 자부심과 행복으로 기억하시길 바랐다. 지금의 소녀 같은 미소를 지키시며 오래오래 사시길. 그리고 그녀들의 세월이 그림 안에서 오래도록 아름답길.

*

찬란히 빛나는 금빛의 노란색 열대과일을, 검은색 잠수복 대신 씌워주었다. 열대과일처럼 달콤하고 쌉싸름한 그녀들의 삶이, 더러운 물에서도 예쁜 꽃을 피워내는 연꽃처럼 고고하게 피어나길. 겨울의 혹독한 추위를 이기고 피어나는 붉은 동백꽃이 해녀의 숨비소리를 따라 피어났다.

물숨을 쉬는
사람들

　자신의 숨을 넘어서는 순간 먹게 되는 숨, 잘라내지 못한 욕심
의 숨을 가리켜 해녀들은 '물숨'이라고 부른다. 물숨은 곧 죽음을
의미한다. 그래서 해녀들은 자신의 타고난 숨만큼 건져 올리며 산
다. 해녀들은 숨의 길이대로 상군, 중군, 하군, 똥군으로 구분하여
부른다. 상군은 가장 숨을 오래 참고 많이 낚아 올리는 높은 직군
이고, 똥군은 이름 그대로 숨이 짧고 경력이 짧아 바다 깊숙이 들
어가지 못하는 직군이다.

〈해녀도〉, 36×36cm, 한지에 채색, 2016

해녀들의 이런 호칭처럼 우리의 삶에도 각자 보이지 않는 직군이 정해져 있는 건 아닐까, 하는 생각을 하곤 한다. 더 크고 어려운 일을 하면서도 쉽게 해내는 이들이 있는가 하면 작고 쉬운 일이 어렵기만 한 이들도 있다. 그러나 세상살이가 어려운 것을 개인의 탓으로 돌릴 이유나 근거는 없다. 타고난 숨의 길이가 모두 다른 것일 뿐 그것으로 좋고 나쁘고를 가를 수는 없다.

인생이란 바다에서 우리는 내가 가진 숨만큼만 살 때도 있고 자신의 숨보다 많은 숨을 욕심내기도 한다. 이런 욕심은 때론 생각지도 못한 성과를 가져오기도 하지만 더 높은 확률로 나 자신을 더 힘들게 만드는 원인이 되기도 한다.

내가 제주행을 결정한 가장 큰 이유도 이 '숨'과 관련이 있다. 그 당시 나는 제대로 숨을 쉬고 싶었다. 욕심이 많은 성격이었던 나는 바쁘고 빠르게 돌아가는 세상을 따라가기 위해 쉬지 않고 달렸다. 달리면서도 늘 숨이 차고 힘들었다. 아마도 나는 다른 사람들보다 짧은 숨을 가지고 태어났던 것 같다. 하지만 그걸 알지 못했던 나는 계속 더 앞으로 나아갔다. 생각해보면 단 한 번도 경쟁하지 않거나 마음 편히 쉬어본 적이 없었던 것 같다.

처음엔 좋아서 시작한 미술도, 미술학원에 들어가면서부터는 매달 시험을 봤고 자주 대회도 나갔다. 이후에도 예고 입학시험, 미대 입학시험과 재수까지, 힘든 경쟁의 연속이었다. 미대에 가서도 장학금을 타기 위해 미친 듯 공부하고 그림을 그렸다. 호주 유학 시절에는 공부와 동시에 생활비를 벌어야 했다. 호주 학생들과 사업가들 사이에서 이방인인 나는 더 열심히 벌고 더 많이 공부해야 했다. 그때 나와 남편은 단 하루도 쉬지 않고 이른 아침부터 늦은 저녁까지 쉴 새 없이 일했다. 잘하면 잘할수록 더 큰 경쟁 속으로 빨려 들어가게 되는 이상한 상황이었다.

누구보다 치열하게 살았던 우리는 한국에서 호주, 호주에서 다시 한국으로 돌아왔다. 돌고 돌아 정착한 제주는 나를 찾아가는 멀고도 긴 여행길의 종착역이었다. 제주에 터전을 마련한 남편과 나는 1년 동안 일하지 않고 꼬박 놀았다. 먹고 싶으면 먹고 자고 싶을 때 잤다. 그리고 제주의 곳곳을 여행했다. 그것이 고생한 우리에게 주는 포상 휴가였던 셈이다. 이곳 제주에서도 여전히 나는 나를 찾아가고 있는 중이지만, 지금까지의 여행을 통해 나에 대해 알게 된 사실은 그림을 그릴 때 행복하다는 것과 도시가 아닌 자연과 어울려 살기를 원했다는 것이다. 결국 나는 내 안에 집중하며 그렇게 조용하게 살고 싶었던 것 같다.

어떻게 사는 것이 정답인지는 아직도 잘 모르겠다. 하지만 확실한 건 내 숨의 길이를 알게 되었다는 것이다. 내가 가진 숨만큼만 조금씩 건져 올리며 사는 지금의 삶이 나는 좋다. 요즘 다시 많이 바빠졌지만 그래도 내가 가진 숨 이상으로 욕심내지 않으며 살아가고 있다.

아틀리에에 오는 손님 중 몇몇 분은 왜 매일 열지 않는지, 왜 늦게까지 오픈하지 않는지 의아해한다. 아틀리에를 오래 열지 않는 이유는 나만의 원칙이 있기 때문이다. 월요일은 가족과 보내는 휴일이고 수요일과 금요일은 온전히 나의 그림 작업을 하는 날이다. 그리고 저녁에는 일찍 퇴근해 아기와 열심히 놀아주는 좋은 엄마가 되고 싶기 때문에 늦게까지 열 수 없다. 이렇게 가족과 일 그리고 나의 삶이 균형을 이루어야만 오래 행복하게 살 수 있다는 것을 이제 나는 안다.

사람이기에 눈앞에 이익이나 좋은 기회에 흔들릴 때가 있다. "하루만 더 수업해주시면 안 되나요?" 하고 물어도 나는 "죄송합니다. 그날은 제가 쉬는 날이라서요" 하고 말한다. 나는 제주에 와서야 비로소 편히 숨 쉬는 방법을 찾았다. 자연에 기대어 내게 가장 잘 맞는 호흡법으로 숨 쉬며 살고 있는 나는, 지금 이대로 온전히 행복하다.

*

해녀는 욕심내지 않고 자신의 숨만큼 건져 올리며 삽니다. 내 숨이
어느 정도인지 알면 삶은 놀이터가 되지만, 욕심부려서 자기 숨
이상으로 물숨을 먹는 순간 바다는 무덤이 되지요. 큰 욕심은 무덤이
될 수 있습니다. 이것이 제가 쉰 나이에 깨친 저 바다의 가르침입니다.

— 영화 〈물숨〉(2016) 고희영 감독 인터뷰에서*

* 박민지, 「'바다의 어멍' 제주해녀 '전 세계 어멍'이 되다」, 『브릿지경제』,
    2016. 12. 2.

제주엔 재주를 파는 사람들이 있다

외국에 가면 자유로운 분위기의 플리마켓을 쉽게 볼 수 있다. 온갖 종류의 빈티지, 앤티크 물품을 구경하는 재미가 쏠쏠하다. 이런 멋진 문화가 한국에도 반드시 생겼으면 좋겠다고 바랐었는데, 마침 제주에도 멋진 플리마켓이 많다는 걸 알게 되었다.

제주의 여러 플리마켓 중 가장 인기 있는 곳은 세화해변에서 열리는 벨롱장이다. '불빛이 멀리서 반짝이는 모양'을 가리키는 제주어 '벨롱'이라는 이름처럼, 이곳은 푸른 바다 앞 공터에 날씨가

〈제주 플리마켓〉, 32×32cm, 한지에 채색, 2017

좋은 토요일이 되면 반짝 열린다. 바람이 너무 많이 불거나 비가 오거나 추워지면 열리지 않는다. 흔하고 쉽게 만날 수 없어서인지 이곳은 날이 갈수록 더 많은 사랑을 얻고 있다.

날씨가 좋은 토요일이 되면 나는 설레는 마음으로 이곳에 들르곤 한다. 예술가들의 멋진 수공예품과 작품을 만나는 것도 좋지만, 그보다 더 좋은 것은 이곳의 활기차고 자유로운 분위기다. 파란 세화 바다를 배경으로 옹기종기 모여 있는 셀러(판매자)들을 보는 것 역시 큰 재미다. 사주를 봐주는 사람, 그림을 그려주는 사람, 도자기를 파는 사람 그리고 종종 음악 공연도 볼 수 있어서 시간 가는 줄 모른다.

중국산 제품과 공장에서 찍어낸 물건이 넘쳐나는 이 시대에 무언가를 손으로 하나씩 만들어 판다는 건 쉽지 않은 일이다. 그 때문에 판매자와 구매자가 직접 대면하고 소통할 수 있게 해주는 플리마켓은 양쪽 모두에게 소중한 기회를 제공한다. 무엇보다 제주엔 직접 물건을 만들어 파는 것을 업으로 삼은 이가 많은데, 플리마켓에서 그런 사람들을 만나면 묘한 동질감이 느껴지고 힘이 난다.

나도 딱 한 번 강정마을에서 열린 플리마켓에 참여해본 적이 있다. 강정마을 평화센터 앞에는 주민분들이 갓 잡아 온 생선을 파는 '바리장'이 종종 열린다. 그날은 강정국제평화영화제를 기념하여 생선뿐 아니라 다양한 것들을 함께 판매했다. 그곳에서 나는 아프리카 어린이를 돕기 위해 직접 만든 책과 그림을 팔았다. '평화영화제'라는 이름에 걸맞은 평온한 분위기였다. 웃음이 가득했고 햇볕은 따뜻했다. 많은 사람이 오고 갔지만 마을은 내내 부산스럽지 않고 차분한 분위기였다. 욕심내거나 서두르는 사람은 없었다. 모두가 즐기는 축제의 장이었다.

내가 있는 부스를 찾은 어떤 청년은 아프리카 구호 활동에 관심이 많다며 책과 그림을 종류별로 모두 구입하고, 수고하신다며 음료까지 건네주고 갔다. 동백꽃을 좋아한다는 한 일본 도예가분은 제주 동백꽃이 그려진 내 책을 무척이나 좋아하시면서 사 가셨다. 한 노신사께서 훌륭한 일을 한다며 어깨를 토닥여주시고 그림을 하나 사 가셨는데 나중에 알고 보니 그분은 사회를 위해 좋은 일을 많이 하시는 닉네임 '건달 할배' 채현국 선생님이었다. 시장이 파할 무렵 나는 바로 옆에 있던 셀러의 판화 그림이 마음에 들어 사려고 했는데, 그녀는 그 돈을 도로 내게 내밀고 대신 내 그림을 하나 사 갔다. 팔려고 왔는데 오히려 받고만 가는 이상한 마켓이었다. 테이블도 없고 의자도 없어서 땅바닥에 남편과 함께 쪼그려 앉아 있었지만 내 생애 가장 즐거웠던 '장사'로 기억한다.

플리마켓을 두루 다니다 보면 '모두가 같은 방법으로 살 수 없다'라는 인생의 진리 한 조각을 발견할 수 있다. 절대적으로 좋은 직업이나 좋은 삶이라는 건 존재하지 않는다. 플리마켓에 모인 사람들을 보면, 세상에 많은 사람이 다양한 가치를 추구하며 살고 있다는 것을 느낄 수 있다. 자신의 방식대로 살아가는 그들은 그 안에서 이미 충분히 행복해 보인다. 그리고 그 가치를 인정해주는 사람들이 있다는 것이 기쁘고 다행스럽다. 제주에 살면서 이곳의 다양한 사람들, 개개인이 가진 가치, 사람 사이의 가치를 알아가는 하루하루가 참 감사하다. 제주에는 세상에서 가장 아름다운 두 가지가 있다. 첫 번째는 자연이고 두 번째는 사람이다. 제주엔 재주를 파는 사람들이 있다.

*

고양이 커플이 직접 만든 물건을 가지고 바다 옆 플리마켓에 나왔어요. 손님이 많은지 없는지 잘 모르겠지만 참으로 여유로운 모습입니다. 어쩐지 손님을 상대하는 것보다는 바로 앞의 바다를 바라보는 데 더 관심이 있는 것 같습니다. 그저 자신이 만든 것들을 예쁘게 바라봐주는 이들을 만나는 것이 행복한 고양이 커플입니다.

제주엔
무지개 학교가 있다

무
지
개
학
교

애월읍에는 '연꽃 마을'로 불리는 작은 마을이 있다. 하가리
마을이 연꽃 마을로 불리는 이유는 여름마다 연꽃이 가득 피는 하
가리 연화지 덕분이다. 그리고 이 마을엔 멋진 연못을 바로 앞에
둔 예쁜 무지개 빛깔의 학교가 있다. '더럭분교'는 평범한 학교지
만 연화지와 더불어 관광 명소로 손꼽히고 있다. 하지만 내 마음을
흔들어놓은 건 예쁜 학교의 외관이나 유명세가 아니었다.

내가 관심을 갖게 된 것은 어느 날 우연히 분교장 선생님이 출

연하신 제주방송을 보고 나서부터였다. 호리호리한 체형에 나긋나 긋한 말투를 가진 선생님은 우리가 흔히 생각하는 그런 근엄한 교장 선생님의 이미지와는 달랐다. 처음엔 독특하신 분이네, 하고 흥미 어린 시선으로 보았다. 그러다 점점 선생님의 이야기에 빠져들게 됐다.

선생님은 일부러 시골 학교, 그것도 폐교 위기에 처해 있는 더럭분교에 자원해 오셨다. 부임 후 선생님은 학교를 살리기 위해 마을 주민들과 힘을 합쳐 예쁜 무지개 빛깔로 학교 건물을 칠했다. 또한 아이들의 인성 교육을 위해 교장실 대신 다도실을 만들어 학생들에게 다도를 가르쳤다. 선생님은 거기에 그치지 않고, 학교 안에 사물놀이패를 만들어 직접 학생들을 지도하면서 도내 다양한 대회에 참가하고 공연을 주최했다. 웃음치료사 자격증이라는 독특한 이력을 가진 선생님은 늘 웃는 모습으로 아이들에게 웃음을 전하셨다.

인터뷰 영상 속 아이들은 표현은 달랐지만 모두 학교 가는 것이 좋다고 말했다. 그도 그럴 것이 수업 시간은 공부와 놀이의 경계가 없는 자유롭고 즐거운 분위기였다. 아이들이 공부하기 싫다고 소리치면 선생님은 아이들과 밖으로 나가 벚꽃이 휘날리는 나무 아래서 노래를 부르고 놀았다. 학교와 아이를 사랑하는 선생

〈무지개 학교〉, 45.5×53cm, 한지에 채색, 2017

님들의 정성이 통한 걸까. 한때 14명뿐이었던 더럭분교의 전교생은 64명까지 늘어났고, 학교에는 좋은 소식이 연이었다. 분교는 본교로 승격이 추진되었고, 교장 선생님은 대한민국 스승상을 수상했다.

더럭분교(현재 더럭초)는 겉으로 보이는 것처럼 알록달록 건물 색만 예쁜 학교가 아니었다. 그보다 더 깊은 선생님의 사랑이 무지갯빛으로 아름답게 물들어 있는 학교였다. 참 교육이 사라져가는 요즘, 사랑이 가득한 학교에서 자연과 함께 뛰놀며 공부하는 더럭 학교의 아이들이 갑자기 부러워졌다. 그리고 한편으로 아이들에게 민화를 가르칠 때 어떤 선생님이 되어야 할지, 내 아이에게는 어떤 엄마가 되어야 할지 진지하게 고민하는 계기가 되었다. 그림을 통해 세상을 보는 법을 알려주는 그림 스승이, 바른 방향을 제시해줄 수 있는 좋은 부모가 되어야겠다고 다짐했다.

방송이 끝난 뒤에도 아이들의 깔깔거리는 웃음소리가 귓가에 맴돌았다. 오늘도 교장 선생님은 연꽃이 가득 피어 있는 하가리의 작은 학교에서 아이들과 함께 시간을 보내고 있겠지. 연꽃의 청정함을 닮으라는 덕담을 건네시면서 아이들에게 따뜻한 차를 한 잔씩, 사랑을 담아 따라주고 계실 것이다. 제주도 연꽃 마을 하가리의 더럭분교에는 오늘도 무지개 꿈이 자란다.

*

제주에 여름이 오면 하가리 연못에는 아름다운 연꽃이 가득 핍니다.
동네에는 연꽃만큼 아꼬운* 것들이 있습니다. 그건 바로 아이들이
다니는 무지개 학교입니다.
꽃에 물을 주듯 무지개 학교 교장 선생님이 아이들에게 차를
따라주면, 아이들은 연꽃처럼 어여쁜 무지개 꿈을 피워냅니다. 연꽃이
가득한 하가리에는 늘 무지개가 떠 있습니다.

* 아꼬다 : 사랑스럽다, 귀엽다는 뜻의 제주 방언.

선물 같은
인연

2018년 예술의전당에서 열리는 〈봄 그리고 봄〉의 전시를 제안받았다. 제주를 대표하는 유고 작가 3인과 중견 작가 5인 그리고 젊은 작가 4인을 포함하여, 총 12인의 작가가 함께하는 대규모 전시회였다. 이제 막 제주에서 작가 활동을 시작한 나로서는 제주를 대표하는 작가님들과 함께할 수 있다는 사실만으로도 무척 뜻깊었다. 게다가 평소 존경하는 이중섭 작가와의 전시라니, 이건 하늘이 주신 기회였다.

〈물고기와 노는 세 아이〉, 45×45cm, 한지에 채색, 2017

이 전시를 제안받고 인연이라는 단어가 떠올랐다. '인연因緣'이라는 단어에는 '인연 인因'이라는 한자가 들어 있다. 모든 만남에는 이유가 있다는 의미인데, 나는 이런 인연의 힘을 믿는다. 내가 제주에 오게 된 것, 이중섭 작가의 작업실에 찾아가게 된 것 그리고 함께 전시를 하게 된 것도 보이지 않는 인연의 끈 때문이라는 생각이 들었다.

서귀포로 이사를 하고 이중섭거리로 첫 나들이를 갔다. 서귀동에 있는 이중섭거리에는 이중섭 작가의 생가와 미술품이 전시돼 있는 이중섭미술관이 있었다. 이중섭 작가가 사색에 잠길 때 즐겨 걸었다는 거리를 지나 초가집에 도착했다. 집 전체가 아닌 그가 살던 방 한 곳이 관람객들에게 개방되어 있었다. 네 식구가 함께 살았던 단칸방은 1.4평밖에 되지 않는 작은 크기였다. 방 중앙에 놓인 이중섭 작가의 흑백사진이 나의 시선을 오래 붙들었다. 작업실이 너무 작다고 투덜거렸던 내 모습이 떠올라서 순간 부끄러운 감정이 들었다. 작은 방 안에서 가족의 숨소리를 느끼며 잠도 자고 그림도 그렸을 작가님의 모습이 그려졌다. 문을 열면 문섬과 새섬이 보이고, 가족과 살을 맞대고 있을 수 있었던 좁은 방은 이중섭 작가에게 행복한 공간으로 기억된다.

이중섭 작가는 제주에 10개월밖에 머무르지 않았지만 이때 많은 영감을 얻고 몇몇 작품을 남겼다. 특히 내가 제일 좋아하는 작품 〈물고기와 노는 세 아이〉 속에 등장하는 물고기와 게, 벌거벗은 아이들을 보면 제주의 모습이 느껴진다. 이 그림에 세 아이가 등장하는 데에는 특별한 의미가 있다. 이중섭 작가에게는 3명의 아이가 있었는데, 그만 한 아이를 병으로 잃고 말았다. 그러나 이후에도 그의 그림 속엔 여전히 세 아이가 등장한다. 잃어버린 아이에 대한 슬픔과 사랑이 담겨 있는 이 그림은 무척 애처롭고 따뜻하다.

생활고로 부인과 아이들을 일본으로 떠나보내야 했던 이중섭 작가는 이후에 많은 그림을 남긴다. 그의 명작 〈황소〉도 이 시기에 탄생했다. 그러나 김중섭 작가는 41세에 가난으로 인한 건강 악화로 유명을 달리하게 된다. 계속 만약 가족과 제주에 살았더라면 더 오래 작품 활동을 할 수 있지 않았을까. 이런저런 생각을 하며 길을 걷다 보니 어느새 '작가의 산책길'에 와 있었다. 미술관에 가면 종종 만날 수 있는 작가의 산책길은, 길을 따라 걸으면서 작품을 볼 수 있게 만들어놓은 곳이었다. 올레길처럼 쭉 이어진 그 길을 따라 걷다 보니 이중섭 작가의 작품 〈섶섬이 보이는 풍경〉의 배경이 된 자구리해안에 도착했다. 벤치에 앉아 바다를 바라봤다. 이중섭 작가도 보았을 그 풍경을 보며 속으로 생각했다. 제주에서의 행복했던 기억으로 부디 그곳에서는 편안하시길. 존경하는 이중섭 작가님께 내가 그린 그림을 바다에 띄워 보냈다.

*

이중섭 작가의 그림을 오마주한 작품이 완성됐다. 이중섭 작가의 〈물고기와 노는 세 아이〉를 제주의 풍경과 함께 최대한 밝고 경쾌한 색으로 표현하고자 했다. 천진한 아이들의 모습을 고양이로 표현했다. 그곳에서는 가난도 슬픔도 없이 행복하길 바라면서.

❀

"피란을 간 제주도에서 내 식구가 단란하게 살았던 10개월은 내 생애 마지막으로 행복한 시간이었다."

—화가 이중섭

너와 나의
바다

김녕바다는 제주에서 내가 가장 좋아하는 곳이다. 더 유명하고 예쁜 바다도 많지만 제주로 이사 오고 나서 처음 찾았던 바다도, 내 마음에 가장 와닿았던 바다도 김녕바다였다. 김녕은 그 멋진 풍경에 비해 많이 알려지지 않아 근처의 함덕해수욕장보다는 조용하고 한적하다. 최근 다시 찾은 김녕해변은 눈처럼 새하얀 백사장과 투명하고 아름다운 에메랄드빛 바다색을 자랑하고 있었다. 문득 우리가 처음 김녕바다에 왔을 때가 떠올랐다. 그날 우리가 찾은 해

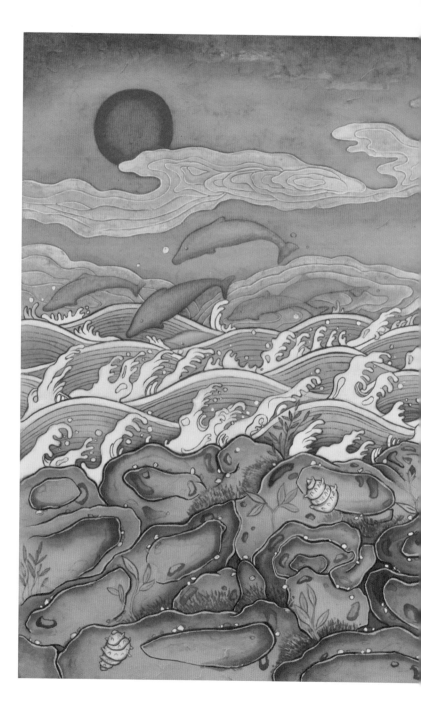

〈검멀바다〉, 73×53cm, 한지에 채색, 2016

질 무렵의 김녕바다는 지금과는 사뭇 다른 빛깔을 띠고 있었다.

해가 질 무렵이어서 그랬는지, 쓸쓸한 마음과 맞닿은 그곳의 바다색은 차분한 보랏빛이었다. 우리는 아무도 없는 해변가 모래 사장에 앉아 겨울 바다로 떨어지는 노을을 하염없이 바라보았다. 파도는 거칠었고 돌들은 유난히 까맸다. 같은 풍경이어도 사람의 마음 상태에 따라 참 많이 달라 보일 수 있다는 것을, 새삼 느끼게 해준 그날의 풍경은 내 안에 오래 남았다.

그날의 김녕바다 풍경은 제주에 와서 가장 처음 그린 민화의 배경이 되었다. 제주에서 그린 그림의 대부분이 파스텔 톤이지만 〈김녕바다〉는 거의 유일하게 파스텔 톤이 아닌 그림이다. 예쁜 그림은 아니지만 거친 파도에는 그날 느꼈던 나의 절절한 마음이 담겨 있기에 〈김녕바다〉는 내게 의미가 큰 그림이다.

김녕바다는 불안함과 쓸쓸함을 바다에 실어 보내던 시절의 우리를 떠올리게 한다. 아는 이도 하나 없고 무슨 일을 해야 할지 정하지 않은 채 무작정 온 제주에서 우리 부부는 앞으로 어떻게 살아야 할지 무엇을 해야 할지 전혀 알지 못했다. 그래도 다행인 건 혼자가 아닌 둘이라는 것이었다. 내 옆의 지기와 함께 바라본 바다는 고요했고 희망적이었다. 우리는 차분히 앉아 이런저런 계획을 세우고 이야기를 나누었다.

힘들 때 구태여 감정을 억지로 끌어 올리거나 속일 필요는 없다. 보이는 대로 보고, 느끼는 대로 느끼면 된다. 내 안에 샘솟는 모든 감정에는 다 그럴 만한 이유가 있다. 내 안의 감정을 살피는 방법으로 바다를 바라보는 일만큼 좋은 것이 없다. 때때로 거칠게 요동치는 바다와 까만 돌들 사이로 붉게 지는 노을을 바라본다. 그때마다 나는 여러 빛깔을 가진 마음의 풍경을 발견하곤 한다.

*

꿈을 꾸었다. 해 질 녘 제주의 어느 바다를 바라보고 있었다. 하늘은
보랏빛과 분홍빛이 섞인 오묘한 빛깔이었다. 바다는 하늘의 빛을
머금은 듯하다.
해변가에는 길고양이 두 마리가 있다. 집을 잃은 것인지 바다가
집인지 알 수 없다. 그래도 둘이 함께라 외롭지는 않아 보였다. 때마침
분홍 돌고래가 떼를 지어 지나간다. 돌고래들이 파란 바닷속을 나는
듯이 유영한다. 함께 수영하니 더 재미지다. 너도 있고 나도 있고,
함께이기에 더 아름다운 제주의 풍경이다.

월령리의
노란 선인장

제주의 4월은 무척 슬픈 달이다. 4월 3일이 되면 제주에는 무겁고 숙연한 분위기가 퍼진다. 올해 4월 3일엔 마치 누군가의 눈물 같은 비가 부슬부슬 내렸다.

제주 4·3사건은 1947년 3월 1일을 기점으로 하여 1948년 4월 3일에 발생한 소요 사태 및 1954년 9월 21까지 제주도에서 발생한 무력 충돌과 진압 과정에서 무고한 주민들이 희생당한 사건이다. 이때 제주 인구의 10분의 1인, 2만 5천여 명 이상이 희생되

〈무명천 할머니〉, 52×52cm, 한지에 채색, 2018

綿布女人
煐施孫

175

고 제주 전 지역 3백여 마을 2만여 호의 가구가 소실됐다. 나는 이주민이기에 그 아픔의 정도를 감히 가늠할 수 없지만, 억울하게 가족을 잃은 이들의 아픔을 떠올리면 너무나 안타깝고 한없이 슬퍼진다. 내가 가장 먼저 사랑하게 된 것은 제주의 자연이었지만, 살면서 자연스럽게 제주의 사람과 문화 그리고 역사에도 점점 더 관심이 간다.

육지 사람들에게 제주는 아름답고 평화로운 섬이지만, 제주 사람에게 제주는 아픔이 더 많은 땅이다. 제주를 깊숙이 들여다보면 여전히 그 잔재가 곳곳에 남아 있다. 월령리에 가면 제주의 여러 아픔 중 하나를 만날 수 있다. 월령리는 선인장 마을로 유명한 곳인데 그곳에 살던 무명천 할머니를 아는 이는 많지 않다.

할머니는 제주 4·3사건의 피해자로, 총탄에 의해 턱을 잃고 평생 얼굴에 무명천을 두르고 살다 돌아가신 분이다. 내가 무명천 할머니에 대해 알게 된 것은 한 다큐멘터리를 통해서였다. 다큐멘터리는 제대로 된 식사를 할 수도, 누군가와 대화도 할 수 없는 삶을 살고 계신 할머니의 살아생전 모습을 담고 있었다. 할머니는 그날의 충격과 상처로 인한 여러 후유증과 정신적 고통에 시달리고 계셨다. 할머니는 문득문득 떠오르는 기억 때문에 항상 문을 걸어

잠그고 알아들을 수 없는 말들을 쏟아냈다.

　그날 밤, 나는 잠을 이룰 수 없었다. 감히 헤아릴 수 없을 정도로 깊은 상처를 품고 살아가는 할머니의 모습, 무엇보다 할머니 눈에 담겨 있던 선인장처럼 뾰족한 슬픔의 가시들이 밤새 가슴 한구석을 쿡쿡 찔러대는 것 같았다. 눈물이 멈추지 않았다.

　날씨가 유독 흐린 어느 날 나는 월령리를 찾았다. 마을 길을 따라가다가 모퉁이를 도니 할머니의 얼굴이 가득 그려진 벽화가 나타났다. 무명천 할머니 길을 따라 조금 더 안쪽으로 들어가보니 다큐멘터리에서 보았던 할머니의 작은 집이 보였다. '무명천 진아영 할머니의 삶터'라고 쓰인 표지판이 집 앞에 세워져 있었다. 한쪽에는 최상돈 님의 〈노란 선인장〉 노래 가사가 걸려 있었다. 천천히 둘러보니 할머니와 어울리는 작고 귀여운 집이었다. 누가 그려놓았는지 굴뚝엔 작은 새 한 마리가 그려져 있었다. 문은 어찌나 자주 걸어 잠갔던지 자물쇠 고리가 너덜너덜했다. 할머니가 없는 쓸쓸한 집을, 글과 그림들이 말없이 지키고 있었다.

　집으로 돌아와 평생을 가시 돋친 선인장처럼 외부와 차단된 채 외롭게 홀로 사셨을 할머니를 떠올리며 그림을 그렸다. 할머니가 외롭지 않도록 곁에 귀여운 새끼 고양이 친구를 그려 넣었다. 마지막으로 할머니를 지키던 선인장에 노랗고 예쁜 꽃을 피워주었

다. 할머니가 미소 짓는다. 내 얼굴에도 미소가 떠올랐다. 할머니,
그곳에선 부디 편하게 잠드세요.

*

무명천 할머니 어디 가십니까?

무명천 할머니 편안하십니까?

4·3사건 때 총 맞아서 턱을 잃었네

그렇게 살았네

55년간 말도 못 하고 음식도 못 먹으면서

상처 난 얼굴 보일 수 없어

무명천을 둘렀네

목숨은 건졌지만 살아도 산 게 아니었네

무명천 할머니 무명천 할머니, 라고 날 불렀지만

내게도 이름이 있었네

진아영입니다

— 박순동, 〈무명천 할머니〉*

* 〈무명천 할머니〉는 제주어를 지키기 위해 노력하는 '뚜럼 브라더스'의 박순동이
2015년에 발표한 곡이다.

사라진
상괭이

세월호 사건이 터졌을 때 남편과 나는 호주에 있었다. 한국과
의 거리는 멀었지만 아픔은 희석되지 않았다. 먼 타국 땅으로 전해
지는 소식은 더욱더 안타깝고 답답했다. 아마도 그 당시에 국민 모
두 그러했겠지만, 시간이 갈수록 희망이 점점 줄어들자 우리는 극
심한 우울감에 시달렸다.

이듬해 우리는 호주에서 한국으로 돌아왔다. 우리가 도착한
날 서울 광화문에선 세월호 농성이 한창이었다. 노란 천막과 추모

의 글이 곳곳에 붙어 있었고, 노란 물결을 이룬 사람들로 광장이 가득했다. 택시를 타고 그곁을 지나는데, 택시 기사 아저씨는 혀를 끌끌 차며 받을 만큼 받았으면 됐지, 하며 차가 밀리는 것에 대해 분풀이하듯 이야기했다. 그 말을 듣고 속상함이 울컥 솟았지만 입을 꾹 다물고 시선을 창밖에 두었다. 서울은 아무 일 없는 것처럼 빠르게 흘러가고 있었지만 노란 물결이 가득한 광화문만큼은 2014년 4월 16일에 머물러 있었다.

우리는 서울에 잠시 머무른 뒤 곧바로 제주로 떠났다. 대학 때가 마지막이었던가, 제주로 향하는 길은 정말 오랜만이었다. 비행기에 탑승한 지 얼마 되지 않은 것 같은데 어느새 제주공항에 도착해 있었다. 1시간도 채 걸리지 않는 거리였다. 나는 광장에서 본 노란 물결을 떠올렸고, '이렇게나 가까운 곳이었구나' 하는 생각에 마음이 먹먹해졌다. 얼마나 설레고 즐거운 여행길이었을까. 아마도 전날 밤에 설레서 잠도 이루지 못한 아이도 있지 않았을까. 사진도 찍고 선물도 살 생각에 잔뜩 들떠 있지 않았을까.

시간이 흘러 우리가 제주살이에 어느 정도 적응해나가고 있을 무렵, 우연히 한 뉴스를 보았다. 돌고래 중 하나인 상괭이의 사체가 제주 바다에서 발견되었다는 기사였다. 상괭이는 우리나라 토

〈상팽이〉, 35×35cm, 한지에 채색, 2019

종 돌고래인데 웃는 표정을 하고 있어서 일명 '웃는 고래'로 알려진 귀여운 돌고래이다. 멸종 위기에 처해 세계 보호종으로 지정된 상괭이의 사체가 발견된 일만으로도 큰 문제였지만, 더 심각한 것은 총 52구의 사체가 발견되었다는 사실이었다. 대부분은 불법 조업이나 인간이 쳐놓은 그물이 원인이라고 했다. 하지만 걱정스러운 것은, 이번 일이 환경오염 때문일 수 있다는 것이었다. 또다시 가슴에 찌릿한 통증이 느껴졌다.

세상엔 막을 수 있는 인재가 있다. 우리에게는 소중하고 약한 것들을 지키고 보살펴야 할 의무와 책임이 있다. 당연한 일이지만 그것을 지키는 일은 갈수록 어려워진다. 우리에겐 우리의 이기심으로 인해 소중한 이들을 떠나보낸 경험이 있다. 늘 아름답기만 한 제주의 바다도 가끔은 유난히 슬퍼 보일 때가 있다. 깊이를 알 수 없는 슬픔이 너울처럼 밀려오는 4월의 바다를 하염없이 바라본다. 제주 바다에 더 이상 아픈 일이 없기를 바라면서….

*

멸종 위기의 돌고래 상괭이가 제주 바다에 다시 나타났다. 물인지 별인지 모를 것들을 상괭이가 뿜어내자 별똥별 하나가 떨어졌다. 상괭이처럼 갑자기 사라진 아이들은 하늘의 별이 되었다. 제주로 오는

길이 이리도 멀었구나. 바다에 나가 하늘을 올려다본다. 유난히 많은
별이 눈이 시리도록 반짝이고 있었다.

네 번째 선물, 슬기로운 섬 생활

캠핑이
좋아

캠
핑

사람들에게는 협재해수욕장이 잘 알려져 있지만, 물이 얕아서 파도가 잔잔하고 사람이 적어 조용한 금능해수욕장을 나는 더 좋아한다. 아기 피부처럼 뽀얗고 보드라운 백사장과 명암이 다른 푸른색 물감을 층층이 쌓아 올린 듯한 바다 그리고 캔디바 같은 청량한 하늘빛의 조합은 그야말로 외국에 온 느낌 그대로여서 언제 봐도 설렌다.

금능해수욕장에는 바다 바로 옆에 텐트를 칠 수 있는 작은 캠

〈캠핑〉, 45×45cm, 한지에 채색, 2017

핑장이 있다. 이곳이 꽤 좋다는 이야기를 여러 번 들었던 우리는 친구와 함께 셋이서 캠핑을 가기로 했다. 퇴근 후 오후 늦게 만나서 함께 준비를 했다. 셋이 열심히 움직인 덕분에 준비가 예상보다 수월했지만 캠핑은 정말 준비 시간이 너무 길고 힘들다. 텐트도 쳐야 하고 부엌도 있어야 하고, 있는 것 빼고 다 없어서 무엇이든 조립하고 세우고 만들어야 해서 귀찮고 곤란한 일도 많다. 그러나 캠핑은 그걸 알면서도 또다시 고생을 자처하게 만드는 중독성이 있다.

마트에서 사 온 도톰한 흑돼지를 굽는다. 고기가 익는 동안 맥주를 따서 들이켜면 바다에 들어간 것처럼 목구멍이 알싸하고 온몸이 시원해진다. 친구가 알려준 어묵구이를 만들기 위해 지글지글 소리를 내며 익어가는 고기 옆에 어묵도 가만히 올려놓았다. 고기가 다 익으면 일단 상추에 고기 한 점을 넣고, 고추장 찍은 구운 어묵과 김치를 다 넣어 크게 쌈을 싸 먹는다. 그렇게 육류, 어류, 채소가 한데 어우러진 쌈은 세상이 모두 담긴 맛이다.

가만히 밤하늘을 올려다보고 있으면 어느새 멀리서 불꽃놀이가 시작된다. 오늘처럼 제주의 하늘이 붐볐던 적이 또 있을까 싶을 정도로 불꽃이 반짝인다. 배가 불러오면 바다에 들어간다. 한시적으로 야간 해수욕이 가능한 금능해수욕장에는 밤바다 수영을 하는 이들이 꽤 많다. 밤바다 수영의 매력은 어두워서 잘 보이지 않는다는 데 있다. 누가 볼 걱정도 없고 다른 것들에 시선을 뺏길 걱정도 없어서 한결 편하다. 남편과 친구가 신나게 수영을 즐기는 동안 수영을 못하는 나는 바다에 몸을 살짝 담근 채 바다 산책을 한다.

끝이 보이지 않는 깜깜한 바닷속을 유유히 걷는다. 걸으면 걸을수록 두려움은 설렘으로, 무서움은 평온함으로 바뀐다. 사람들의 웃음소리가 희미해지고 저 멀리 보이는 어선의 불빛과 달빛에 의지해 걷는다. 얼마나 적막한지 내 몸에서 떨어지는 물소리마저 크게 느껴진다. 앞으로 움직일 때마다 물결이 생겨 별들이 흩어진다. 주변이 고요해지니 혼자라는 느낌이 더 명확해진다.

평소엔 혼자만의 시간을 느낄 겨를이 없다. 나뿐만 아니라 대부분의 사람들이 그런 것 같다. 우리는 함께 있을 때에도 혼자 있을 때에도 게임이나 SNS에 접속해 있고 늘 스마트폰을 들여다본다. 누구든 무엇이든 항상 연결되어 있기에 완벽히 혼자가 되어 자기만의 시간을 갖기란 쉽지 않다. 역설적이게도 그래서 더 외로운 것 같다. 다른 이들과 함께하기 위해 애쓰느라 정작 '나'를 바라볼 시간이 없는 것이다.

수영복 하나만 걸친 나는 그 어느 때보다 가벼운 몸으로 아주 조용하고 깜깜한 밤바다를 걷고 있다. 내 움직임 하나하나가 섬세하게 느껴진다. 세상의 모든 조명이 꺼진 이곳에 달빛이 핀 조명처럼 동그랗게 떨어져 나를 비춘다. 이 넓은 바다를 무대로 오롯이 나 혼자만이 주인공이 된다. 내가 가진 고민과 스트레스와 잡념들이 작은 점이 되어 까만 바닷물에 섞여 흘러가버린다. 흩어진 물방울들이 파도가 만든 하얀 포말 속으로 사라진다. 개운한 몸과 마음으로 텐트로 돌아온 나는 별이 가득한 밤하늘을 이불 삼아, 파도 소리를 베개 삼아 잠을 청한다. 불편한 잠자리인데 이상하게 편안한 게 바로 캠핑의 매력!

*

모든 준비가 끝났을 무렵, 해는 어느새 바다 뒤로 숨어버렸고 주위는 먹물을 쏟은 듯 깜깜해졌다. 눈부신 네온사인 대신 촘촘한 별이 까만 바다에 내려앉았다. 현란한 미러볼 대신 노란 달이 하늘에 둥실 떠오르면 제주 캠퍼들의 파티가 시작된다.

제주의
여름

생각만 해도 기분 좋은 단어가 있다. 바다! 바다를 좋아하는 우리 부부에게 여름은 늘 기다려지는 계절이다. 제주에 사는 우리만의 특권은, 좋은 호텔이나 외국에 굳이 가지 않아도 매일 휴가를 온 것처럼 보낼 수 있다는 것이다. 길고 긴 겨울을 버텨내는 이유는 여름 바다에 앉아서 마시는 맥주 한잔을 위해서라고 해도 과언이 아니다.

여름이 되면 우리는 자주 바다로 향한다. 특별한 준비도 필요

〈Island life〉, 65×50cm, 한지에 채색, 2017

없다. 차에는 항상 수영복과 텐트 그리고 튜브가 대기 중이니까. 언제 어디서든 마음에 드는 바다가 눈앞에 보이면 차를 멈추고 자리를 잡는다. 원터치식 텐트에 들어가 쉬거나 바다에 들어가 물놀이를 한다. 해변에 누워 음악을 들으며 책을 읽으면 세상을 다 가진 듯 부러울 게 없다. 행복이란 단어가 머릿속에 저절로 떠오른다.

행복은 찰나에 느끼는 감정이라, 순간 제대로 집중해서 음미하지 않으면 목구멍으로 그냥 넘어가버리는 와인 같다. 입 안에 머금은 채 혀를 잘 굴려가며 천천히 마셔야 진정한 맛을 느낄 수 있다. 그렇게 소소하지만 확실한 행복의 기억들이 쌓이면 비로소 '나는 행복하다'라고 느끼게 된다. 나는 이 행복을 느낄 때마다 제주에 오길 참 잘했다는 생각이 든다.

여행지로 만난 제주보다 나의 집이 된 제주가 더 좋다. 여행객은 제주에서 설레고 좋은 것만을 경험하게 된다. 이것을 연애에 비유할 수 있다. 반대로 싫은 점 나쁜 점을 다 알고도 언제나 가장 사랑하는 가족이자 연인인 배우자 같은 관계가 있다. 제주는 내게 그런 존재다. 나의 삶과 떼어놓고는 생각할 수 없다. 물론 힘들고 불편한 일이 정말 많다. 열 가지 불편함과 부족함을 자연이 주는 충만함 하나로 채우며 살고 있다는 말은 정말 틀린 말이 아니다. 제주의 자연이 우리에게 주는 행복과 위로는 그 무엇과도 바꿀 수 없다.

바다를 유독 좋아하는 남편과 내가 제2의 고향으로 제주를 선택한 가장 큰 이유는 '바다'에 있기도 하다. 우리는 호주에서도 힘들 때마다 바다를 찾곤 했다. 호주의 바다도 아름답지만 제주의 바다는 호주와 또 다른 매력이 있다. 특히 좋은 것은 제주의 어디에 살든 10분 거리에 바다가 있다는 것이다. 이것은 섬살이의 최대 장점이다. 게다가 동서남북에 위치한 제주의 바다는 각각 다른 빛깔과 풍경을 우리에게 선물한다.

우리는 그때그때 가고 싶은 바다를 떠올리며 차의 시동을 건다. 거칠고 깊은 바다가 가고 싶은 날엔 중문의 바다로, 잔잔한 바다에서 아기와 놀고 싶을 땐 표선의 바다를 찾는다. 제주에 여행 온 사람과 함께할 때는 아름다운 애월의 바다를 보여주고, 캠핑하며 해외에 온 듯한 기분을 내고 싶을 땐 함덕의 바다로 향한다. 점점 다양해지고 많아지는 물놀이용품과 캠핑용품들이 우리의 제주살이를 말해주고 있는 듯하다.

바다에 가기엔 아직 한참 이르지만, 돌이 지난 아기의 수영복과 선글라스 그리고 튜브까지 미리 다 준비해놓았다. 아기와 함께 간 바다는 또 어떤 모습일까? 보고만 있어도 설레는 놀이용품을 보며 상상해본다. 빨리 여름이 왔으면 좋겠다. 내가 가장 좋아하는 제주의 계절 여름이 다가온다!

*

무더운 여름, 제주에서는 비싼 냉방기 전기세를 내며 더위와 싸울
필요가 없다. 돗자리 하나 챙겨 들고 바다에 가서 하루 종일 놀다
들어오면 어느새 서늘한 저녁이 온다.

무엇보다 제주는 어디에 살든 10분 거리에 바다가 있다. 까맣고
깊은 서귀포의 바다, 푸르고 청량한 애월의 바다, 선명한 에메랄드빛
서우봉의 바다 등 제주의 바다는 저마다 다양한 빛깔을 우리에게
선물한다.

보라 비
내리는 날

남편의 생일을 축하하기 위해 여행을 떠났다. 제주의 남쪽에서 동쪽으로 가는 것뿐이지만 그것만으로도 여행 가는 기분이 들었다. 성산의 한 호텔에 짐을 풀고 하룻밤을 보낸 우리는 다음 날 아침 일찍 길을 나섰다. 때마침 보슬보슬 비가 내렸다. 맑은 날이 아니라서 아쉬움이 있었지만 마음이 차분해지는 보슬비도 나쁘지 않았다. 우리는 작은 우산 하나를 나누어 썼다.

제주의 6월, 사람들은 꽃구경하기 바쁘다. 가장 인기 있는 꽃은 여름의 시작을 알리는 수국이지만 우리는 라벤다를 보러 가기로 했다. 언젠가 프랑스 남부의 라벤더 꽃밭 사진을 보았는데 아주 오래 기억에 남았다. 라벤더를 보러 프랑스 남부에 꼭 가보고 싶다고 생각했는데, 마침 제주에서도 라벤더를 마음껏 볼 수 있는 곳이 있다고 해서 찾아갔다.

보롬왓은 일반인에게 개방되어 있는 꽤 큰 규모의 농장이다. 계절마다 다양한 꽃과 식물을 볼 수 있어 종종 방문한다. 매달 제철 꽃으로 큐레이션하는 이 농장에서 추천하는 6월의 꽃은 단연 라벤더였다. 사람들에게 잘 알려진 관광지라서 늘 붐비지만 그날은 이른 아침이라 그런지, 비가 와서 그런지 한적했다.

농장에서 운영하는 카페에서 산 따뜻한 라떼를 한 잔씩 손에 들고 나의 짝꿍과 나란히 길을 걸었다. 곧 두 눈이 환해질 만큼 아름다운 보랏빛 라벤더가 꽃밭 가득 보였다. 일반적으로 보라색은 강렬한 느낌을 주는데 이곳에 피어 있는 라벤더의 보랏빛은 채도가 한 단계 낮아서 은은하고 차분한 느낌이었다. 잎사귀도 초록의 원색이기보다는 하얀색 물감을 섞은 듯 부드러운 초록빛을 띠고 있었다. 차분한 수묵 담채화 같은 라벤더 꽃밭과 하늘에서 내리는 비가 무척이나 잘 어울렸다. 긴 꽃대 끝에 벼 이삭처럼 옹기종기 꽃잎이 달려 있는 라벤더 한 송이는 연약해 보였지만, 여러 송이가

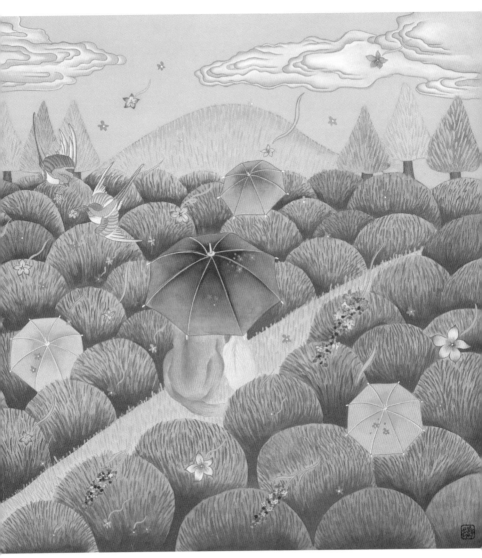

〈보라비〉, 56×56cm, 한지에 채색, 2020

한데 모여 있으니 존재감이 크게 느껴졌다.

심신의 안정과 진정에 도움을 준다는 라벤더 꽃밭에 와 있으니 모든 스트레스가 날아가는 기분이 들었다. 조용히 내리는 보슬비는 라벤더 향을 품고 있어서 마치 꽃비가 내리는 것 같았다. 남편의 생일을 축하하는 듯한 아름다운 보라색 꽃비를 맞으며 이런저런 이야기들을 나누었다. 줄을 맞춰 가지런히 피어 있는 라벤더와 옅게 낀 안개와 그 위로 내리는 비까지. 그림 같은 풍경을 가만히 바라보니 이번엔 꽃 사이사이로 우산이 알록달록 피어났다. 우리처럼 우산을 나눠 쓰고 걷는 이들이 피워낸 우산 꽃이었다.

비 오는 날은 비가 와서 좋고 맑은 날은 맑아서 좋다. 나는 그 자연스러운 변화에 감사하고 즐길 줄 알게 되었다. 그것은 제주가 내게 알려준 가장 큰 교훈이었다. 이제 나는 비 오는 날이 맑은 날의 반대가 아님을 안다. 매일 스쳐 가는 감정에 일희일비할 필요가 없다는 것을 깨닫게 되었다. 감수성도 풍부하고 감정도 풍부한 나는 스스로도 주체할 수 없는 눈물 때문에 힘들었던 적이 많았다.

나이를 먹고 결혼을 하고 엄마가 되었지만 여전히 나는 누구보다 감정적이다. 그래도 과거와 다르게 그 감정들을 담담히 바라보는 일이 조금은 가능해졌다. 나이와 세월이 내게 준 교훈은 감정이란 것은 그냥 지나간다는 것이다. 감정이란 날씨와 같아서 오늘은 어두컴컴하게 흐려도 내일은 쨍하니 맑은 날이 오곤 한다. 내일이 아니면 모레, 모레가 아니어도 언젠가는 꼭 맑은 날이 찾아온다.

*

모든 인생에서, 모든 사람에게 절대로 흐린 날만 있거나 맑은 날만 있을 수만은 없다. 차이는 있겠지만 모두에게 공평하게 맑거나 흐린 날이 온다. 맑은 날이라고 신나서 조심하지 않으면 넘어질 수도 있고 흐린 날이라 하여 불행만 있는 것도 아니다. 운이 좋아 비를 피할 수도 있고, 먹구름 속에서도 행복을 찾을 수 있다. 내가 라벤더를 보았던 그날처럼 말이다. 아직도 생생하다. 비 내리는 날 마음을 편안하게 만들어주는 그 보랏빛 라벤더 향기가.

나의
제주 작업실

　화가에게 작업실은 집만큼 중요하고, 없어서는 안 되는 곳이다. 나 역시 그림을 그리며 많은 작업실을 거쳐왔다. 그동안 얼마나 많이 이사했는지 셀 수 없을 정도다.

　나의 첫 작업실은 학교였다. 대학교 안 작업 공간이 곧 내 작업실이었는데, 졸업 후 그림과 그 재료들이 모두 갈 곳을 잃어버렸다. 그림과 재료를 집에 쌓아두고 있다가 이대론 안 되겠다 싶어 화실을 차리기로 했다. 그곳에서 수업을 해서 돈도 벌고 작업도 하

〈제주 작업실〉, 한지에 채색, 25×25cm, 2017

면 일석이조의 효과를 거둘 수 있을 것 같았다. 살던 집의 보증금을 빼서 서울의 어느 아파트 상가에 급매로 나온 작은 공간을 구했다. 원래 화실이었던 곳이어서 손볼 곳은 많지 않았다. 원장실로 쓰이던 곳을 개인 작업실로 꾸몄다. 그렇게 화실을 열고 얼마간은 기대한 대로 흘러갔다. 수업 외 나머지 시간에는 그림을 그렸다. 그러나 혼자 꾸려나가다 보니 점점 힘에 부치기 시작했다. 수업이 끝나면 녹초가 됐고 작업은 점점 어려워졌다. 결국 2년 만에 화실을 정리했다.

새로운 돌파구가 필요했던 나는 대학원에 가기로 결심했다. 오래전부터 가고 싶었던 영국에 가기 위해 준비를 시작했다. 유학 포트폴리오에 더 다양한 작품이 담겼으면 좋겠다는 유학원의 조언에 따라 작품을 더 그리기로 했다. 그림에 집중하기 위해 집 근처에 작은 작업실도 구했다. 한 공간을 여러 개로 나눠놓은 스튜디오 형식의 원룸이었다. 난방도 되지 않는 공간이었지만 불편함을 느낄 틈이 없었다. 그곳에서 먹고 자며 작업에만 매달렸다. 그렇게 짧은 기간 안에 포트폴리오를 완성했다.

남은 건 영어 성적이었다. 영어 공부는 한국보다는 호주가 더 좋을 것 같았다. 호주에서 영어 공부도 하고, 일해서 돈을 모아 화실을 운영하며 벌었던 돈과 합쳐 학비로 하면 되겠다 싶었다. 준비를 마친 나는 1년짜리 워킹홀리데이 비자를 받고 호주로 갔다. 그러나 인생은 언제나 예상과 다르게 흘러갔다. 나는 그곳에서 지금의 남편을 만나게 되었고, 입학 허가까지 받아놓은 영국 유학을 취소하고 호주에서 대학을 가기로 했다. 결혼 후에는 내가 다니는 학교가 있는 호주의 큰 도시로 이사했다. 미술 재료들은 아파트 발코니에 펼쳐놓았다. 이제부턴 그곳이 나의 작업실이었다. 좁지만 나름 운치 있는 시티 뷰가 있어서 그리 나쁘지 않았다. 일을 마치고 돌아온 남편이 내가 만들어놓은 작업실을 말없이 물끄러미 보았다. 그러곤 저녁에 자신의 SNS에 이렇게 글을 남겼다.

그림 그리는 화가 아내를 만난 지 어느새 1년이 넘었다. 오늘도 바쁘게 식당 일을 마치고 집에 오니 우리 아내가 발코니에 작업실을 만들어놓았다. …누군가에게는 별일 아닐지도 모르지만 나는 내 아내에게 작은 작업 공간을 마련해주기까지 5개월이 걸렸다. 어제는 아내가 호주 지역 신문 광고에 미술학원 선생님으로 기재되었는데, 그걸 보는 순간 눈물이 나오는 것을 꾹 참았다. 부족한 나를 만나 이 사람의 꿈을 멀리 두고 애타게 기다리게 만드는 건 아닌가 싶어 속으로 삼키고 또 되뇌인다. 내가 꼭 약속 지킬게, 조금만 힘내주길. 고맙고 사랑한다. 내가 평생 응원할게, 너의 꿈. 오늘 더 사랑해, 내 아내.

남편의 글을 보고 몰래 얼마나 울었는지 모른다. 속상하다기보단 나의 마음을 알아주는 그가 고마워서 눈물이 났다. 그렇게 호주에서 이사할 때마다 나의 작업실은 발코니가 되기도 하고 차고가 되기도 했다.

몇 년 후 우리는 한국으로 돌아와 제주에 정착했다. 우리의 첫 보금자리는 제주 전통 돌집이었다. 작지만 온전히 우리만을 위한 공간이었다. 작은 마당이 있어서 나무와 꽃도 볼 수 있고, 새소리가 들릴 만큼 조용한 집이었다. 이곳에서 정말 많은 그림을 그렸다. 집의 내부가 좁아서 큰 그림을 그릴 때는 바닥에 엎드려서 그리곤 했는데, 그 모습을 보고 그는 또 마음 아파했다.

시간이 지나자 제주 생활에 적응도 하고, 수강생 숫자도 늘어났다. 그림 작업도 커지고 많아져서 집에서 작업하기 어려워졌기에 작업실을 구하기로 했다. 새로운 작업실은 2층짜리 구옥으로, 조용하고 소박했다. 작업실로 가는 길 주변이 모두 귤밭이고 돌담이 둘러싸고 있어 마치 새로운 시공간으로 들어가는 듯한 기분이 들었다. 2층에서 보면 저 멀리 바다도 보였고, 집 앞 공간도 널찍하니 볕도 잘 들어서 채색 후 그림을 말리기에도 제격이었다. 나는 이 작업실에서 큰 작업들도 하고 수업도 더 많이 할 수 있었다. 게다가 방송국 몇 곳에서 취재를 하고 싶다며 작업실로 찾아오기도 했다. 타지인인 내가 제주 구옥에 살면서 그림을 그리고 수업도 하는 것이 신기했던 모양이다. 그렇게 추억할 만한 일도 많고 장점도 많았지만 오래된 집이다 보니 겨울엔 춥고 여름엔 더웠다. 노후된 시설에 불편을 느낄 무렵 다시 한번 지금의 작업실로 이사를 했다.

새 건물에 입주한 것은 처음이었고 인테리어도 처음 해보았다. 바다 바로 앞에 위치한 1층의 작업실, 나의 이름을 딴 아틀리에를 열었다. 화실이 아닌 아틀리에라고 이름 붙인 이유는 이곳이 사람들에게 제주 민화 전문 갤러리로 널리 알려지길 바랐기 때문이었다. 민화를 사랑하는 민화인들이 모일 수 있고 일반인들까지 민화를 쉽게 접하고 즐길 수 있는 복합 문화공간이 되었으면 해서 화실 한쪽에 카페 공간도 만들었다.

그러던 어느 날 작업실의 풍경이 한눈에 들어왔다. 통창 너머로 보이는 유난히 반짝이는 바다와 차를 마시는 사람들, 작품을 감상하거나 수업을 받고 있는 사람들. 그리고 원 없이 작업할 수 있는 내 공간이 눈에 들어왔다. 우리에게 이 공간은 단순한 작업실이 아니었다. 나에겐 꿈이었고 그에겐 약속이었다. 제주에 온 지 4년만의 일이었다. 그동안 고생한 남편에게 그리고 나 스스로에게 칭찬을 해주었다. 언젠가는 이곳을 또 떠나야겠지만 이곳에서 만들어갈 나의 이야기와 작품들은 오래 남을 것이다. 오늘도 감사와 행복으로 힘차게 또 다른 꿈을 그린다.

*

서귀포 어느 작은 마을엔 동양화 작업실이 있다. 그곳엔 한 부부가 살고 있다. 그녀의 집이기도 하고 작업실이기도 하고 사람들에게 그림을 알려주는 화실이기도 하다. 이곳의 문은 항상 활짝 열려 있다. 마당은 작지만 있을 건 다 있다. 작은 돌담, 나무, 방금 걸어둔 빨래가 살랑살랑 부는 바람에 잘 마르고 있다. 문에 달린 작은 종이 살뜰히도 울린다. 이따금씩 예쁜 새들이 놀러 와 지저귀면 그곳은 작은 숲이 된다.

그녀 곁에는 늘 그가 있다. 직장에서 조금 멀지만 그는 그녀를 위해 이 시골 마을에 집을 구했다. "당신은 걱정 말고 그림만 그려요. 세상과는 내가 맞설 테니." 오늘도 그는 작업실 앞에 쪼그려 앉아 그녀가 그림 그리는 모습을 바라본다. 바람과 만난 나무 소리가 음악처럼 작업실 전체에 울려 퍼진다.

"내 인생 전부가 이미 액자 속에 있어요. 바로 저기에."

— 영화 〈내 사랑〉*의 모드 루이스 대사에서

* 에이슬링 월시 감독, 〈내 사랑〉, 2016.

숲에서 만난
한 줄기 빛

　　나는 예전부터 산보다 바다가 더 좋았다. 한국으로 돌아오게 되어 어디에서 살지 고민할 때에도 바다가 많은 섬, 제주에 가장 끌렸다. 하지만 제주에 살면서 얼마 지나지 않아 숲이 얼마나 아름다운지를 알게 되었다.

　　제주에는 많은 숲이 있지만 그중에서도 사려니숲을 자주 찾는다. 집과는 거리가 좀 있지만 생각날 때마다 찾아가고는 한다. 친구들이나 가족들이 제주에 여행 올 때도 사려니숲을 꼭 보여주었

〈사려니숲〉, 53×73cm, 한지에 채색, 2016

다. 제주를 소개할 때 언제부터인가 바다 말고 조금 독특한 곳 혹은 좀 더 제주다운 곳을 보여주려고 노력하게 되었는데, 그때마다 찾게 되는 곳이 사려니숲이었다.

사려니숲에 처음 간 것은 제주에 온 지 얼마 되지 않았을 때였다. 남편과 함께 사려니숲으로 나들이를 떠났다. 지금은 모르는 사람이 없을 정도로 유명하고 인기 있지만, 그 당시만 해도 사려니숲은 아는 사람만 아는 숨은 명소였다. 사려니숲에 대한 나의 첫인상은 '다채로움'이었다. 크고 기다란 삼나무 때문이었는지 어느 유럽의 풍경이 떠오르기도 했고, 그 신비롭고 축축한 느낌은 오래전에 읽었던 무라카미 하루키 소설 『노르웨이의 숲』을 떠올리게도 했다. 그만큼 이국적이었지만 또 한편으로 무척 제주다운 느낌도 들었다.

숲속으로 점점 더 깊이 들어설수록 초록빛이 짙어졌다. 우리는 심연의 바다에 들어와 있는 듯했고, 곳곳에서 반짝이는 빛은 마치 숲의 정령이 날아다니는 것처럼 느껴졌다. 사려니숲의 '사려니'는 예쁜 어감 그대로 '신성한, 신령스러운'이라는 뜻을 가진 제주말인데, 실제로 마주하고 나니 말 그대로 정말 신비로웠다. 키 큰 삼나무가 하늘을 향해 끝없이 뻗어 있고, 나무 아래로는 초록의 식물로 가득했다. 붉은 화산송이 길과 초록 숲이 대비되어서 서로를 더욱 돋보이게 했다. 빽빽이 들어선 나무들로 어두운 숲 내부에는 따스한 빛이 새어 들어오고, 그 빛은 땅에 신비한 모양의 도안을 그리고 있었다. 숨을 깊이 들이마실 때마다 시원한 초록의 공기가 코를 통해 들어와 몸속을 가득 채웠다.

사려니숲을 처음 찾은 그날, 제주에 정착한 지 얼마 되지 않은 우리는 설렘과 불안함을 동시에 품고 있었다. 답답한 속을 풀기 위해 바다를 찾아가 끝없는 수평선을 보다가 돌아오곤 했는데, 바다를 볼 땐 종종 멍해지고는 했다. 그런데 숲길은 바다와 달리 걸을수록 마음이 편안해지고 차분해졌다. 여름엔 바다가 더 시원하고 좋다고 생각했었는데, 그늘이 가득한 사려니숲은 바다보다 더 시원했다. 시원함을 넘어 늦가을 날씨처럼 서늘했다. 무더운 여름날, 에어컨 바람이 아닌 청량한 공기를 마음껏 마실 수 있었던 사려니숲에서의 하루는 내게 초록빛 선명한 기억으로 남았다.

삶에 절망이 계속된다면 빛을 찾아보자. 분명 그 어딘가에서 나만의 빛이 새어 나오고 있을 것이다. 주변에서 찾을 수 없다면 다른 방향으로 더 부지런히 걸어가보자. 반드시 작은 빛을 찾을 수 있을 것이다. 나는 그 빛을 찾아 서울에서 호주로 그리고 제주로 오게 되었다. 그렇게 제주에 정착하고 나서야 나의 작은 빛을 찾을 수 있었다. 물론 그 빛을 찾는 여정이 쉽지는 않았다.

　나의 어둠은 대학에 들어갈 즈음에 시작됐다. 입학하자마자 어머니는 동생들을 데리고 미국으로 떠났다. 아버지는 지방에, 나는 학교 앞에 집을 구해 자취를 시작했다. 이후로 나는 쭉 혼자 살았다. 그림 작업 역시 혼자 하는 일이었기에 혼자 보내는 시간은 더 많아졌다. 외로움을 많이 타서 친구와 남자친구에게 의존하기도 했다. 그러나 내 안의 깊숙한 외로움은 누구도 해결해줄 수 없었다. 걱정을 끼칠까 봐 가족에게도 힘든 내색을 할 수 없었다. 20대의 방황은 그렇게 오롯이 나만의 몫이었다.

　일, 사랑, 가족 그 무엇 하나 안정적이지 않은 나의 20대는 다이내믹했다. 나는 한곳에 머무르지 못하고 늘 다른 곳을 향했다. 현재에 만족하지 못한 채 더 행복한 곳, 더 좋은 곳이 있을 것이라 생각하며 찾아 헤맸다. 결국, 나는 한국을 떠나 호주로 갔다. 그런데 어딘가를 향한 경유지라고 생각했던 호주에서 지금의 남편을 만나게 되었다. 그리고 또 다른 여행지라고 생각했던 제주에서는 귀여운 고양이 도롱이와 사랑스러운 아기도 만나게 되었다.

　늘 혼자 걷는 어둡고 외로운 길이었다. 그 길에서 만난 가족은 내게 한 줄기 따스한 빛이 되어주었다. 이제 나는 새로운 빛을 찾아 헤매지 않는다. 행복이 어디에 있는지 알게 되었기 때문이다. 행복은 특정 장소가 아닌 나의 마음속에 있었다.

20대의 청춘도 아니고 혼자만의 자유로움도 누릴 수 없는 30대 후반이 되었지만 나는 지금이 좋다. 좋아하는 일을 하며 사랑하는 가족과 보내는 소소한 일상이 더없이 행복하다.

인생길 위에서 누구나 더 크고 밝은 빛이 내 앞을 비춰주길 바라지만, 실제로 앞으로 나아가기 위한 빛은 딱 한 줄기면 충분하다. 나만을 위한 이 한 줄기의 빛을 단단히 붙잡고 걷다 보면 언젠가 반드시, 빛이 가득한 출구로 나오게 된다. 우리네 인생처럼 말이다.

*

신령스러운 숲, 사려니숲의 저녁은 분명 이런 모습일 것이다.

보랏빛으로 하늘이 물들면, 고양이들은 나무도 타고 빼곡한 나무 사이사이를 숨바꼭질하듯 뛰놀 것이다. 나비와 새도 덩달아 신이 나서 날아다닌다. 밝은 보름달과 별이 하늘에서 반짝이면 숨어 있던 달맞이꽃이 고개를 내밀고 달을 향해 미소를 띨 것이다.

사려니숲은 정녕 신령스러운 숲이다.

다 함께
놀멍 쉬멍

20대부터 여행을 많이 다녔지만 게스트하우스에서의 숙박 경험이 없던 나는 그곳에 로망이 있었다. 게스트하우스가 많은 제주에 살고 있지만 좀처럼 그곳에 갈 일이 없었다. 그러다 제주에 여행 온 친구를 따라 난생처음 게스트하우스에 묵게 되었다. 조천의

✻ 유유자적(悠悠自適): 여유가 있어 한가롭고 걱정이 없는 모양이라는 뜻으로, 속세에 속박됨이 없이 자기가 하고 싶은 대로 마음 편히 지냄을 이르는 말.

216

悠悠自適
露西孫 🔲

〈유유자적〉, 52×52cm, 한지에 채색, 2018

한 작은 게스트하우스였다. 자칭 게하(게스트하우스) 매니아인 친구는 남자친구와 헤어지고 이별 여행을 온 것이었고, 남편과 다툰 나는 첫 가출을 감행했다.

기대가 너무 큰 탓이었을까? 늦은 저녁에 도착한 게하의 첫인상은 실망스러웠다. 밖에서는 어린 친구들이 밤새 어울려 술을 마시고 떠들어대는 통에 시끄러웠고 깨끗하지 않은 2층 침대도 불편하긴 마찬가지였다. 도무지 잠이 오지 않았다. 편한 집을 놔두고 내가 왜 여기에 있지, 하고 후회하기도 했다. 잠을 잔 것도 밤을 새운 것도 아닌 어중간한 상태로 날이 밝았다.

거의 뜬눈으로 밤을 새운 나와 달리, 밤새 술을 먹고 옆에 와 곤히 자고 있는 친구를 두고 조용히 방 밖으로 나왔다. 아직 해도 뜨지 않은 이른 새벽이었다. 어제는 어두워서 미처 볼 수 없었던 바다가 보였다. 물안개가 낀 잔잔하고 평화로운 바다였다. 컨디션이 좋지 않았는데 바다를 보니 금방 기분이 상쾌해졌다. 바다와 가장 가까운 게하여서 이곳을 숙소로 선택했던 것이 뒤늦게 기억났다. 때마침 보슬비가 내리기 시작했고 서늘한 바닷바람이 불어왔다. 처마 끝에 매달려 있는 풍경이 바람에 천천히 흔들렸다. 풍경 소리가 숙소 곳곳으로 퍼졌다. 주위를 둘러보니 숙취가 있는 듯 괴로운 표정으로 가만히 앉아 있는 몇몇을 제외하고 대부분의 사람들은 아직 자고 있어서 숙소에는 적막감이 흘렀다.

　잠시 후 촌장님으로 불리는 게하 사장님이 카리스마 있게 등장해서 인도 밀크티 짜이를 준비해주셨다. 바다를 바라보며 짜이를 한 모금 마셨다. '아, 맛있다!' 한없이 불편했던 지난밤이 모두 용서되는 맛이었다. 사방이 고요하고 파도 소리만 가득하니 평화로웠다. 그제야 왜 이 작고 낡은 게하가 인기 있는지 이해가 되었다. 이곳에서는 제주에 살고 있는 나도 여행객이 된 듯 낯설고 설레는 기분이 들었다.

　갑자기 음악이 듣고 싶어서 휴대전화를 꺼냈다. 플레이 리스트 속 음악을 재생했다. 음악은 사람들을 모으는 신기한 재주가 있다. 자고 있던 사람들이 하나둘 일어나 발코니에 앉았다. 흥이 났는지 한쪽에 앉아 있던 남자분이 일어서더니 방에서 기타를 가지고 나왔다. 서글서글한 인상의 그는 의대에 다니는 학생이라고 자신을 소개했다. 학업 스트레스를 풀기 위해 방학 때마다 이곳에 혼자 와서 머물다 간다고 했다. 어려 보이는 그가 부르는 이문세 님의 〈옛사랑〉은 꽤나 멋들어졌다.

　누군가는 음악에 취했고 누군가는 여전히 술에 취해 있었다. 또 누군가는 책을 읽거나 바다를 바라보았다. 조용히 음악을 듣던

한 여자분이 자기 이야기를 꺼냈다. 얼마 전에 퇴사를 하고 제주에 혼자 여행을 왔다고, 퇴사해서 좋지만 고민이 많다고 했다. 자연스러운 분위기에 나도 이야기를 풀어놓았다. 제주에 살고 있고 현재는 가출 중이며 친구는 이별 여행 중이라고 소개했다. 그래도 싸울 남편이 있고 제주에 사는 게 어디냐며 그들은 오히려 나를 부러워했다. 서로 자신의 이야기를 자유롭게 꺼내놓으며 떠들다 보니 시간 가는 줄 몰랐다. 나를 전혀 알지 못하는 완전한 타인에게 내 이야기를 하는 것은 처음이었는데 왠지 모를 편안함과 후련함이 있었다. 그냥 이야기를 나누는 것뿐이었는데 이상하게도 위로가 되는 것 같았다.

분위기 좋은 음악 덕분인지 간밤의 취기 때문인지 우리는 처음 보는 이들에게 친근하고 솔직했다. 세세하게 알 순 없었지만 각자 떠나온 이유와 사연이 있었다. 제주가 좋아서 제주에 왔다는 점과 저마다 사연이 있다는 점이 사람들을 하나로 이어주었다. 모두들 일상의 문장에 잠시 쉼표를 찍기 위해 이곳에 온 것이다. 제주 게하에는 떠들썩한 파티만 있는 것은 아니었다. 각자 사연을 가진 이들이 서로 이야기를 주고받고, 함께 음악을 들으며 유유자적하는 곳이었다.

*

조선 시대에 계하(게스트하우스)가 있었다면 어떤 모습이었을까? 아마 이런 모습이 아니었을까?

누군가 대청마루 위에서 시를 읊고 악기를 연주하면, 누군가 마당에서 춤을 출 테지. 모두를 하나로 만들어주는 음악의 힘은 실로 대단하여, 모두가 하나 되어 흥겨웠을 거야. 그곳은 농사일에 고단한 사람도, 공부에 지친 선비도 유유자적하는 곳이 아니었을까.

자전거 타기를
좋아하는 이유

    나는 자전거 타기를 좋아한다. 내가 원하는 만큼 속도를 내며 풍경을 볼 수 있어서 좋고, 귓가를 스치는 바람도 좋다. 언젠가 꼭 내 마음에 드는 자전거를 하나 장만해야지, 하고 벼르고 있었는데 제주에 와서 드디어 자전거를 샀다. 바구니가 달린 민트색 빈티지 자전거에는 나의 로망이 듬뿍 담겨 있다. 평소에는 집 앞에 세워두었다가, 머리가 복잡하거나 답답할 때면 우리 집 고양이 도롱이를 바구니에 태우고 동네를 한 바퀴 돈다. 작고 조용한 동네라 자전거

〈자전거 타기〉, 32×32cm, 한지에 채색, 2017

타기에 참 좋다.

자전거를 타고 돌담 사잇길을 지나면 귀여운 동네 개들도 보이고 길가에 빼꼼히 핀 노란 유채꽃도 보인다. 마을을 늘 내려다보는 듬직한 한라산도 보인다. 좋은 풍경과 더불어 좋아하는 노래를 들으면서 자전거를 타면, 세상에서 제일 행복한 사람이 된 것처럼 피식피식 웃음이 새어 나온다. 밖에 나가는 것을 무서워하는 겁쟁이 고양이 도롱이도 바구니 안에 얌전히 앉아 호기심 어린 눈으로 주위를 살핀다. 자전거는 내가 도롱이와 산책하는 유일한 방법이기도 하다.

가끔 동네를 벗어나 멀리 갈 때도 있다. 그래봐야 5분, 10분 거리이지만 도로가 아닌 나만 알고 있는 비밀스러운 길을 통해 간다. 비닐하우스를 지나면 내리막길이 나오는데 그곳을 신나게 내려가면 작은 숲길이 나타난다. 귓가에서 점점 멀어지는 소음처럼 나의 마음도 점점 고요해진다.

오르막, 내리막, 오솔길 곳곳을 달리면서 생각에 잠긴다. 삶의 장면들이 영화관 영사기에서 나온 불빛처럼 곳곳에 나타났다가 풍경과 함께 지나간다. 오르막길을 오를 땐 부모님의 이혼으로 힘들었던 어릴 적 기억이, 내리막길을 내려올 땐 즐거웠던 20대 시절이, 오솔길을 지날 땐 평온한 지금을 떠올린다. 그러나 어느 한 기

224

억에 머무르지 않고 빠르게 흘려보낸다. 나를 붙잡는 잡념을 풍경과 함께 떠나보내고, 자전거 페달을 세차게 밟아 빠르게 달린다. 그러다 보면 어느새 집에 도착한다. 답답했던 가슴이, 복잡했던 머리가 비워졌다. 이제야 채울 수 있겠다. 이것이 내가 자전거 타기를 좋아하는 이유다.

*

인생은 자전거를 타는 것과 같다.

균형을 잡기 위해서는 계속 움직여야 한다.

—아인슈타인

우리 둘이
카페 투어

제주에는 멋진 카페가 많다. 유행 때문인지 풍광이 좋아서인지 자고 일어나면 카페가 새로 생겨난다. 그래서 남편과 나는 휴일이 되면 유명한 카페들을 찾아 나선다. 일명 카페 투어. 둘 다 커피를 좋아하기도 하지만 새로 생긴 카페의 실내장식을 관찰하고 새로운 곳의 분위기를 즐기는 것이 우리의 기쁨이다. 카페에 갔다가

---

* 안빈낙도(安貧樂道) : 가난에 구애받지 않고 평안하게 즐기는 마음으로 살아감.

安貧樂道

〈안빈낙도〉, 55×57cm, 한지에 채색, 2017

그 동네의 주변 풍경을 둘러보는 것은 마치 낯선 여행지에 간 듯해서 기분이 좋다. 카페 투어를 통해 새로운 음료를 마셔보고 새로운 환경 속에서 풍광을 즐기는 일은 퍽 즐겁다.

이국적인 카페에 들러 여행을 온 듯한 기분에 젖기도 하고, 모던한 대형 카페에 가서 서울 여행 기분을 느끼기도 하고, 제주의 전통 돌집에 자리 잡은 카페에 앉아 커피 향과 함께 제주를 음미한다. 종종 집에서 마시면 공짜인데 왜 밖에서 마시는지 모르겠다고 말하는 이도 있다. 사람마다 관점에 차이가 있겠지만, 카페의 진정한 묘미를 몰라서 하는 이야기일 수도. 카페에서는 커피만 마시는 것이 아니라, 시간과 공간이 주는 여유를 함께 마신다. 그리고 카페라는 새로운 공간은 새로운 이야기와 아이디어를 준다.

제주에는 천혜의 자연 관광지가 많지만 즐길 거리가 부족한 것이 사실이다. 때문에 카페 투어는 일상 속 큰 즐거움이다. 게다가 남편과 나는 술을 즐기지 않기 때문에 커피 마시는 것을 더욱 즐겨 한다. 다시 말해서 커피는 우리의 유일한 낙이요, 유흥이다. 우리는 주로 카페에 앉아 음악을 들으며 휴식을 취하거나 대화를 나눈다. 근황과 앞으로의 계획과 서로에게 감사하거나 서운했던 일까지 하나둘 이야기하다 보면 어느새 2시간이 훌쩍 지나간다. 우리 부부는 이야기를 나눠도 이야깃거리가 샘솟는다.

한번은 바다가 보이는 애월의 카페에 갔다. 바다 바로 앞에 있는 옛날 집을 개조한 곳이었다. 바다가 무척 가까워서 마당에 가면 바다가 바로 보였고 통창으로 하늘과 바다 그리고 마당의 꽃과 나무가 보이는 탁 트인 인테리어가 매력적인 곳이었다. 그곳에서 남편과 함께 커피를 마셨다. 그 순간, 다른 무엇도 필요 없을 만큼 모든 것이 완벽하고 행복했다. 제주에 오기 전에는 알지 못했던 종류의 행복이었다.

비유를 하자면, 우리는 마치 자동차에 주유하듯 일주일에 한 번 카페에서 커피를 주유한다. 카페 투어는 일상에 활력을 불어넣는 우리만의 방법이다. 짧지만 행복한 시간을 통해 또 일주일을 열심히 살아갈 수 있는 힘을 얻는다.

*

모든 것이 풍족해도 무언가 계속 필요했던 도시에서의 삶과 달리
제주는 조금씩 부족해도 괜찮다. 평소엔 열심히 일하고 휴일이면
바다를 향해 달린다. 어디든 빠르게 달리면 10분 거리에 바다가
펼쳐진다. 이런 훌륭한 풍광에도 입장료는 없다.
네온사인으로 찬란한 도시의 밤거리가 더 이상 그립지 않다. 그보다
눈부신 햇살이 있기 때문이다. 북적북적한 사람들 틈에서 마시는

술도 부럽지 않다. 새소리 들으며 마시는 커피 한잔이 더욱 달콤하기 때문이다.

파란 바다와 시원한 바람과 맛있는 커피 그리고 당신과 함께라면 세상 그 무엇도 부럽지 않다. 생각보다 어렵지 않다. 안빈낙도의 삶.

파도에 맞설
용기

제주에 살게 되면 꼭 하고 싶은 일을 적어놓은 버킷 리스트가 있었다. 그 목록에 적힌 것 중 하나가 서핑이었는데 물이 무서워서 수영도 못하는 내게 서핑은 인생 최대의 도전이었다. 그래도 꼭 시도해보고 싶었던 건, 물 위에서 자유를 만끽할 수 있는 유일한 방

＊ 승풍파랑(乘風破浪) : 직역하면 바람을 타고 험한 파도를 헤쳐 나간다는 의미다. 또한 뜻한 바를 이루기 위하여 온갖 난관을 극복하여 나아감을 의미하기도 한다.

법이 서핑이 아닐까, 하는 생각을 했기 때문이다. 서핑 체험을 할 수 있는 곳을 알아보니 제주에서 유명한 서핑 성지는 중문의 색달해변인 것 같았다. 하지만 색달해변의 센 파도와 깊은 수심이 무서웠던 나는 다른 곳을 알아보기로 했다. 그렇게 해서 찾은 곳이 소금막해변이었다. 이름도 생소한 그곳으로 향했다.

소금막해변은 이미 알고 있던 표선해수욕장 옆에 위치한 자그마한 해변이었다. 한적하고 파도가 잔잔하다고 알려진 그곳엔 이미 초보 서퍼와 카이트 서퍼가 여럿 있었다. 나는 미리 예약한 서핑숍을 찾아갔다. 준비를 마치고 곧 모래사장에서 수업이 시작됐다. 모래바닥에 누워 보드에 올라타는 연습, 엎드린 채 손으로 노를 젓는 연습까지 몇 번을 반복한 후에야 입수할 수 있었다. 멋지게 파도를 타는 내 모습을 상상했건만, 현실의 나는 보드 위에서 5초도 제대로 서 있지 못하는 신세였다. 물도 먹고 파도에 얼굴을 실컷 맞다보니 정신이 없었다. 파도를 타는 일은 생각보다 더 어려웠다.

그렇게 연습하기를 수차례, 함께 수업을 들었던 사람 중 한두 명이 보드 위에 서서 파도를 타기 시작했다. 멋진 폼은 아니었지만 파도를 타는 사람들의 모습은 마치 구름을 타고 내려오는 산신령처럼 보였다. 나도 모르게 마음이 다급해졌고, 오기가 생겼다. 두려움을 극복해가는 찰나 '…어라!!! 섰다!' 아주 짧은 순간이었지만

〈승풍파랑〉, 25×25cm, 한지에 채색, 2017

파도 위에서 몸을 지탱할 수 있었다. 그때의 기쁨과 전율이란! 파도를 탔을 때의 그 순간이 아직도 생생하다.

인생을 살다 보면 누구나 파도를 마주하게 된다. 잔잔한 파도를 만나기도 하고 거친 파도를 만나기도 한다. 그 순간 휩쓸리지 않고 파도 위에 올라타기 위해서는 몇 가지 감각이 필요하다. 우선 파도에 올라탈 적절한 타이밍을 잡을 수 있는 감각이 필요하다. 보드 위에서 중심을 잘 잡고 서 있어야 하기 때문에 평행 감각도 필요하다. 거센 파도를 버티는 근력과 유연함, 박자 감각도 필요하다. 그리고 이 모든 것 이전에 가장 중요한, 두려움을 극복하는 용기가 필요하다.

인생도 서핑과 비슷하다. 기회라는 파도가 왔을 때 그것을 타려면 수없이 노력하고 단련해서 미리 힘을 만들어놓아야 한다. 그것은 마음의 근력일 수도 있고 실력이 될 수도 있다. 하루하루 삶을 균형 있게 잘 가꾸어야만 행복이란 파도에 올라탈 수 있다. 물론 다른 서퍼들이 파도를 탄다고 해서 꼭 따라갈 필요는 없다. 오히려 억지로 나섰다가는 다른 사람과 부딪치거나 파도에 쉽게 뒤집힌다. 나만의 박자가 필요하다. 내 스스로 충분히 준비가 되었을 때, 나에게 맞는 높이의 파도가 왔을 때 그 순간 멋지게 올라타는 것이 더 중요하다. 그 과정 안에서 가장 중요한 것은, 덮쳐오는 파도보다 내 안에 더 크게 자리 잡고 있는 한계와 두려움을 극복하는 것이다.

나는 꽤 오랫동안 그림을 그려왔다. 그림은 시간과 돈을 많이 투자해야 하는 일이고, 당장에 결과가 나오는 일도 아니었다. 그림을 그리는 일 자체도 쉽지 않지만, 다른 그림보다 곱절의 시간이 더 걸리는 한국화 작업은 더욱더 어려웠다. 삶과 예술 사이에서 균형을 잡는 일은 출렁이는 파도 위에 서 있는 것처럼 위태로웠고, 균형을 맞추기 위해서는 부단히 몸을 휘청거려야 했다.

그 아슬아슬한 균형 잡기를 하면서도 내 시선은 항상 멀리 있었다. 눈앞의 결과가 아니라 더 먼 곳, 그림 실력을 쌓으며 나만의 속도로 꾸준히 나아갔다. 책 출간을 목표로 글도 꾸준히 썼다. 그러자 몇 년 후 거짓말처럼 크고 작은 기회들이 나를 찾아왔다.

준비를 하고 기다린 덕에 나는 몇몇 기회들을 잡을 수 있었다. 물론 준비가 되지 않아서 큰 기회를 놓치기도 했다. 자책을 하기도 했지만 마음을 다잡고 다시 도전했다. 이후 나는 꿈꾸던 공간에서 전시도 하고, 내 이름을 딴 갤러리를 오픈했으며, 책 출간도 할 수 있게 되었다. 물론 지금도 여전히 균형을 잃고 허우적댈 때가 있다. 하지만 예전처럼 깊이 절망하지 않고, 나의 파도가 반드시 다시 온다는 믿음을 갖고 열심히 팔을 저으며 기다린다.

*

바닷속을 헤매고 있다고 해도 쉽게 절망하지는 말자. 수많은 연습 과정에서 물을 먹고 물에 빠지더라도 몇 번이고 다시 올라와 시도하면 결국, 파도 위에 오를 수 있게 된다. 전보다 조금 더 유연하고 익숙하게 말이다. 필요한 것은 용기와 기다림이다. 나의 파도는 언젠가 꼭 온다. 반드시.

다시 만난
겨울

소과도 ─ 귤과 고양이

겨울이 되면 제주는 더욱 바빠진다. 귤 농사철이 되기 때문이다. 우리 집 마당에는 부지런한 집주인 아저씨가 심으신 귤나무, 천리향 심지어 한라봉 나무까지 있다. 하얀 눈이 소복히 쌓인 마당, 메마른 가지 사이로 귤나무가 주황빛 등불처럼 더욱 환하게 빛난다.

제주 사람들은 귤 철이 되면 이웃집에 갈 때 절대 빈손으로 가지 않는다. 그래서 옆집 삼춘도 지인들도 우리 집에 들를 때면 귤

한 봉지씩을 꼭 가져다주신다. 이런 귤을 '파치'라고 부르는데, 모양이 예쁘지 않아 상품으로는 가치가 없지만 맛은 오히려 더 좋다. 제주 사람들은 이 파치와 닮은 구석이 있다. 까만 귤 봉지 하나 툭 건네고 무심히 돌아서는 모습이 이제 그들의 상냥한 마음이라는 것을 알 수 있다. 말투가 상냥하진 않지만 생색내지 않고, 겉으로 보이는 모습보다 알맹이가 더 실하고 알차다.

제주살이 첫해엔 아는 사람이 없어서 귤을 사 먹었는데 어찌나 아깝던지. 서울에선 잘만 사 먹던 귤인데 제주에서 사 먹으려니 살짝 억울한 느낌이 들었다. 그리고 몇 해가 지난 지금 우리 집에는 귤이 넘쳐난다. 까만 봉지와 박스 가득 귤을 선물받는다. 넘쳐나는 귤을 보면 뿌듯하다. 그만큼 알고 지내는 이웃과 지인이 많아졌음을 상징하는 훈장 같아서 묘한 기분이 든다. 제주 사람들에게 귤은 겨울에 표현할 수 있는 최고의 감사 표현이자 따뜻한 정감의 언어다.

겨울이 오면 자연스럽게 제주에서의 첫 겨울이 떠오른다. 그해 제주에는 32년 만에 기록적인 폭설이 내렸다. 제주는 그야말로 눈 속에 고립되었고 우리 부부는 긴 겨울을 보내야 했다.

그날, 집에 혼자 있던 나는 날씨가 심상치 않다는 것을 느끼

〈소과도 – 귤과 고양이〉, 50×50cm, 한지에 채색, 2017

고 뉴스를 틀었다. 공항 안을 가득 메운 사람들이 보였다. 자료 화면과 함께 리포터의 멘트가 이어졌다. "하늘과 바닷길이 모두 막혀 많은 관광객과 공항 이용객들이 공항에 발이 묶여버렸습니다. 심지어 공항 내에서 노숙까지 하는 사람들도 있습니다." 그 말을 듣는 순간 제주시로 출근한 남편의 얼굴이 떠올랐다. 마침 남편에게 전화가 왔다. "여기 도로가 장난이 아니야, 일단 가볼게. 안 될 것 같으면 여기서 자고 내일 가야 할 것 같아. 당신도 조심하고 있어." 짧은 통화를 마치자 문득 한기가 느껴졌다. 방이 춥다 싶었던 나는 보일러를 살폈다. 그럼 그렇지. 제주 옛날 집인 우리 집의 보일러와 수도는 이미 꽁꽁 얼어버린 뒤였다. 일단은 전기장판을 켜고 남편을 기다리기로 했다. 입김을 호호 불며 배가 뜨뜻한 도롱이를 안고 남편이 오기를 기다렸다.

남편은 6시간 만에 눈사람이 되어 돌아왔다. 제주시에서 서귀포로 넘어오려면 반드시 산을 넘어야 하는데 그 구간이 특히 위험했다. 내내 걱정하던 나는 무사히 돌아온 남편을 보며 조용히 가슴을 쓸어내렸다. 다행스럽게도 우리 동네는 큰 피해 없이 지나갔지만 곳곳에서 피해가 속출했다. 정전, 교통사고, 귤 농장 무너짐 사고 등 제주도민의 피해는 컸다. 그동안은 제주에 눈이 많이 오지 않았기 때문에 이런 대규모 폭설에 대한 대비가 부족한 탓이었다.

그렇게 제주살이 첫해에 우리 부부는 신고식을 치르듯 혹독한 겨울을 보냈다.

두 번째 겨울, 우리는 전해와는 많이 달라져 있었다. 날씨도 이웃들과의 사이도 한층 훈훈해진 덕분이었다. '귤 정'이 바쁘게 오가는 우리의 일상에는 감사함이 넘쳤다. 아주 추운 날은 없어서 12월에도 두꺼운 코트나 히터가 필요 없었다. 마치 가을이 길어진 것 같은 따뜻한 겨울이 이어졌다. 제주의 겨울이 익숙해지고부터는 두꺼운 패딩을 입은 관광객들의 모습이 어색하게 느껴졌다. 그 모습이 불과 1년 전 나의 모습이었는데도 그랬다.

그렇게 이곳 생활에 어느 정도 적응한 우리지만, 섬에서의 겨울은 여전히 힘든 부분이 많다. 기온이 높다고 해도 겨울은 겨울이라 실내로 들어가게 되는데, 실내에서 할 수 있는 일들이 육지에 비해 현저히 적다. 비와 바람은 꾸준히 변덕스러워서 불편함도 많다. 그럼에도 불구하고 제주의 겨울이 따뜻하게 느껴지는 건, 귤 한 봉지에 담긴 이웃 간의 따뜻한 정과 시간적인 여유로움 때문이다.

마음과 시간에 여유 공간이 있다는 건 참 좋은 일이다. 채울 수 있는 것들이 많아서 행복하다. 제주에 와서 세련된 삶과 풍족한 소비에서는 멀어졌지만, 채우기에 급급했던 마음속 공간이 한층 여유로워졌다. 덕분에 비로소 내가 원하는 것들로 채울 수 있게 되었다. 꼭 필요한 것들로 채우는 행복을 알게 된 나는 이제, 기쁜 마음으로 다가오는 겨울을 기다린다.

*

따뜻한 방에서 선물받은 귤들을 가득 쌓아놓고 좋아하는 영화를 보며 이불 속에서 귤을 까먹는다. 형용할 수 없는 행복이 입 속 달콤함과 만난다. 우리 집 고양이 도롱이는 시큼한 냄새를 한번 맡아보고는 바로 도망이다. 귤보다는 따뜻한 마룻바닥이 좋은지 바닥에 납작 엎드려서 낮잠을 잔다. 세상의 평화가 있다면 바로 이 순간이 아닐까. 방 안 전체에 따스한 온기가 스민다. 제주에 오고부터 나는 겨울이 참 좋다.

우리는
더욱 단단해지는 중

제주의 겨울은 유난히 길게 느껴진다. 실내에서 할 수 있는 것이 거의 없기 때문이다. 길고 지루한 겨울을 보내던 어느 날 아침, 창이 하얀빛을 가득 머금었다. 오래돼 삐걱거리는 제주 구옥의 문을 드르륵 열었다. 밤새 소복이 내린 눈으로 온 세상이 하얗게 변해 있었다. 하얀색은 무색이 아니라 모든 빛이 섞여야 나오는 포용의 색이기에 더 아름답다. 까만 돌담에 소복이 쌓인 눈이 더욱 하얗게 느껴졌다. 마당의 한라봉과 천리향은 눈보라 속에서도 꿋꿋하게 그 자리를 지켰다. 추위를 견뎌낸 한라봉이 더 단단하고 달다고 이웃집 삼촌께서 해준 말이 떠올랐다. 이 겨울을 보내고 나면 제주에서의 우리 삶도 더욱 단단해질까? 갑자기 궁금해졌다. 하얀 종이를 보면 그림이 그리고 싶듯 아무도 밟지 않은 눈 쌓인 길을 보니 발자국을 내고 싶은 충동이 일었다. 주섬주섬 옷을 챙겨 입고 서랍에 아무렇게나 넣어둔 장갑을 찾아 꼈다.

밖으로 나오니 눈이 제법 쌓여 있었다. 마당 이곳저곳에 발자국을 남기며 강아지처럼 뛰어다녔다. 하얀 눈을 도화지 삼아 나뭇가지로 그림을 그리기도 하고 작은 눈덩이를 굴려 눈사람도 만들었다. 바닥에 떨어진 귤을 주워서 눈사람의 코를 만들고 나뭇가지로 눈과 입을 만들었다. 꽤 멋진 고양이 눈사람이 되었다. '제주 고양이 눈사람'이라고 이름도 붙였다. 겨울의 한 자락에 내 작품을 남긴 것 같아서 으쓱한 기분이 됐다. 남편에게 사진을 부탁했다. 곧 녹아버릴 눈사람이 아쉬워서, 곧 사라질 겨울의 추억이 그리울 것 같아서. 우리집 마당은 어느새 그림과 조각품으로 가득한 갤러리가 되었다.

몇 년 후에 우리는 아기와 함께 셋이서 겨울을 맞이했다. 폭설로 남편과 나는 전면 휴업을 하고 집에서 쉬고 있었다. 반강제적인 휴가이긴 했지만 눈 덕분에 달콤한 휴일이 생긴 것이다. 눈밭에 나

〈겨울 갤러리〉, 36×36cm, 한지에 채색, 2018

가는 것을 좋아하지 않는 남편 때문에 지난겨울엔 혼자 밖에 나갔었는데, 이번 겨울은 아기와 함께였다. 봄에 태어나 생애 처음 맞이한 겨울이었다. 생애 첫눈을 볼 아기를 생각하니 내가 더 두근거렸다. 일단 눈을 보러 가기 전에 준비할 것이 좀 있었다. 아기에게는 가진 옷 중에 가장 따뜻한 옷을 골라 입혔다. 그리고 집에 있는 아기의 플라스틱 목욕통을 썰매 대신에 꺼냈다. 따뜻한 옷과 썰매 장비까지 준비를 마치고 밖으로 나왔다.

아무도 밟지 않은 하얀 눈이 우리를 반겨주었다. 뽀득거리는 소리를 즐기며 썰매 타기 좋은 곳으로 이동했다. 목욕통 안에 아이를 앉히고 손잡이에 우산을 걸어 아주 천천히 끌어보았다. 다행히 잘 미끄러졌다. 처음엔 요령이 없어서 힘들었는데 조금 속도가 붙자 미끈한 눈 위를 쭉 미끄러졌다. 무서운 건지 추운 건지 목욕통 속 아기는 어리둥절한 표정이었다.

아기가 추울까 봐 오래 있진 못했지만 아기와 함께한 첫 겨울의 즐거운 추억 하나를 눈 도화지에 오롯이 새겼다. 언제나 겨울을 싫어했는데, 이상하게도 제주에 온 뒤로 겨울이 점점 더 좋아지고 있다. 제주의 자연은 이렇듯 나의 편협한 기호의 벽을 허물고 부정적인 감정을 무력화시킨다. 제주에서 발견한 겨울의 예쁜 꼭지들. 그것들을 발견한 것만으로도 이 겨울이 한없이 기쁘다.

다섯 번째 선물, 제주가 들려준 이야기

지금 이 순간의
행복

파
라
다
이
스
＊
제
주
&
문
자
도

2017년에 〈효리네 민박〉이라는 예능 프로그램이 방영됐다.
제주 사는 가수 효리 언니네 집이 민박집이 되는 컨셉이었다. 어느
회차에서 한 손님이 효리 언니와 대화를 하다가 '제주에 사는 것이
부럽다'고 말했다. 그러자 그녀는 이렇게 이야기했다. "이곳에 살
아도 마음이 지옥인 사람들도 많아. 서울에서도 즐기며 사는 사람

＊ 파라다이스 : 걱정이나 근심 없이 행복을 누릴 수 있는 곳.

이 얼마나 많니. 어디에 사느냐, 어떻게 사느냐가 중요한 게 아니라 내가 있는 곳, 그 자리에서 만족하는 것이 제일 중요해." 당시에 나는 그 말에 격하게 공감했고 고개를 여러 번 끄덕였다.

도시에 사는 이들은 '그래도 제주가 부럽다'고 말할지도 모르겠다. 푸르른 바다, 눈부신 햇살, 하얀 백사장, 시원하게 늘어선 야자수…. 바쁜 현대인들에게 제주는 아름다운 풍광뿐 아니라 섬이라는 특성 때문에 쉽게 갈 수 없는 특별한 곳, 즉 파라다이스로 여겨지는 듯하다. 하지만 실제로는 누가 봐도 부럽지 않은 삶을 사는 사람들도 많다. 더 불행해진 사람도, 힘든 섬 생활에 지쳐서 다시 육지로 돌아가는 사람도 많다. 오죽하면 제주 살이는 3년 주기로 고비가 온다는 이야기가 있을까. 제주인들끼리는 3년, 6년, 9년… 이렇게 3년을 주기로 오는 고비를 모두 견디고 10년을 넘겨야만 진짜 제주도민으로 인정받을 수 있다는 말을 농담 반 진담 반 섞어서 주고받곤 한다.

우리는 이제 제주로 이주한 지 6년 차가 되었다. 제주의 자연에 감동하고 감사하며 평화롭게 살던 나에게도 힘든 순간이 찾아왔다. 감사는 무뎌지고 불평과 불만을 늘어놓는 나를 발견했다. 매번 날씨가 왜 이렇게 변덕스럽느냐는 둥 제주엔 없는 게 많아서 불편하다는 둥, 마치 연애 기간이 길어지면서 콩깍지가 벗겨지고 권

〈파라다이스 제주〉, 198×72cm, 한지에 채색, 2018

태기가 찾아와 상대의 단점만 발견하는 것과 비슷했다. 그러던 어느 날 문득 깨달았다. 나를 둘러싼 모든 것이 평화로워도 내 마음이 혼란하면 그곳은 더 이상 파라다이스가 될 수 없다는 것을. 파라다이스는 저 먼 어딘가에 있는 것이 아니라 나와 가장 가까운 곳에 있었다. 나의 마음속, 바로 지금 이곳에 행복이 있다는 깨달음 덕분에 나는 나의 진정한 파라다이스를 그릴 수 있게 되었다.

이청준의 소설을 원작으로 한 〈이어도〉(1977)라는 영화를 본 적이 있다. 제주 이야기를 담고 있다고 해서 힘들게 구해 본 영화였다. 소설 원작과 달리 잔인하고 선정적으로 표현이 되었지만, 인간의 다양한 욕망을 잘 보여준 영화라는 생각이 들었다. 특히 전반에 깔려 있는 음산하고 기괴한 분위기 덕분에 이어도에 얽힌 인간의 욕망이 더 선명하게 느껴졌다. 영화 속의 사람들은 아름다운 자연과 더불어 살아가면서도 현실의 어려움과 불행으로부터 탈피하고자 섬 속의 섬 이어도를 만들어낸다. 사람들은 온갖 좋은 것들로 가득한 이어도를 늘 그리워하지만, 아이러니하게도 그곳은 죽은 사람만이 닿을 수 있는 곳으로 살아서는 갈 수 없다.

우리가 그토록 바라는 파라다이스는 피안의 섬 이어도와 닮아 있다. 걱정이나 근심이 없고 세상 모든 행복이 모여 있는 섬, 파라다이스는 현실에 존재하지 않는다. 좋은 것들로만 가득한 세계를 과연 살아 있는 생이라고 할 수 있을지 모르겠다. 오히려 그곳은 사후 세계인 천국에 가까운 모습이지 않을까. 삶에는 필연적으로 미와 추, 선과 악이 존재한다. 고통이 왔다 가면 즐거움이 오고 불행 후에 행복이 찾아오기도 한다. 인생은 그래서 더 아름답다. 우리에게 이런 삶의 깨달음을 주기 위해 이어도가 생겨난 것이 아닐까, 하는 생각을 해본다.

나의 이어도는 어디에 있을까? 주위를 둘러본다. 아름다운 자연이 나를 감싸고 사랑하는 이들과 함께인 지금. 그래, 바로 이 순간 내가 있는 이곳이 나의 파라다이스고 무릉도원이다.

*

새하얀 한지 위에 나만의 파라다이스를 그렸다. 이 그림은 현재의 행복을 놓치고 있을지도 모르는 그대와 나를 위한 그림이다. '내가 행복한 곳 그곳이 어디든 파라다이스'라는 깨달음. 나의 파라다이스 제주는 분홍빛이다. '당신의 파라다이스는 어떤 모습인가요?'

❀

이어도는 오랜 세월 동안 제주도 사람들의 입에서 입으로 전해 내려온

전설의 섬이었다. (⋯) 더러는 그 섬을 보았다는 사람들도 있었지만,
이상하게도 한 번 그 섬을 본 사람은 이내 그 섬으로 가서 영영 다시
이승으로 돌아오지 않았기 때문에 그 모습을 분명하게 말할 수 있는
사람은 아무도 없는 섬이었다.

—이청준 소설 『이어도』에서 *

* 이청준, 『이어도』, 문학과지성사, 2015, 110쪽.

〈파라다이스 문자도〉, 65×50cm, 한지에 채색, 2019

그림 속
기억을 걷다

제주에는 《탐라순력도》라는 보물 같은 화첩이 있다. 이 그림들은 제주가 '탐라'로 불렸던 조선 시대에 그려진 것으로, 제주 목사* 이형상이 제주의 각 고을을 다니며 순력**하는 모습을 화가 김남길에게 그리도록 한 것이다. 41폭의 그림과 서문 두 면으로 구성된

---

* 목사(牧使) : 조선 시대 관찰사의 밑에서 지방의 목(牧)을 다스리던 문관.

**순력(巡歷) : 관찰사나 원 등이 관할 지역을 순회하던 일.

〈신성산관일도〉, 108×170cm, 한지에 채색, 2021

화첩《탐라순력도》에는 당시 제주의 모습이 생생하게 담겨 있다.

한국화 작가라는 직업적 특성 때문이 아니라 순수하게 옛 그림을 좋아하는 나는 그 매력에 푹 빠질 수밖에 없었다. 제주를 세세하고 재미나게 표현한 옛 그림이 많지만《탐라순력도》는 단연 으뜸이었다. 기회가 된다면 꼭 그려보고 싶다는 생각이 들었다.

그리고 그 기회는 생각보다 빨리 찾아왔다.《탐라순력도》에 대한 다큐멘터리를 제작하고 있는 제주의 한 방송사에서《탐라순력도》를 현재 버전으로 그려보면 어떻겠냐며 작품을 의뢰해 왔다. 작품을 그리는 장면과 짧은 인터뷰도 함께 방송될 예정이라고 했다. 좋은 취지였고 평소 좋아하는 그림이어서 관심이 갔지만 방송국에서 이야기한 작품 제작 시간이 너무 짧아서 고민이 됐다. 그러나 내게도 의미 있는 작업이 될 것 같고, 한 번은 꼭 그려보고 싶던 그림이었기에 결국 하기로 했다. 이후 나는 한 달이 조금 넘는 시간 동안《탐라순력도》와 동거동락했다.

작업의 가장 첫 번째 단계는,《탐라순력도》에 실린 여러 폭의 그림 중 하나를 선택하는 것이었다. 나는 41폭 중 성산일출봉을 그린〈성산관일도〉를 선택했다. 선택의 기준은 한 가지, '잘 알아야 잘 그릴 수 있다'였다. 성산일출봉은 제주를 대표하는 곳으로 상징성도 있고, 지인들이 제주에 여행을 올 때마다 필수로 들렀던 곳이기도 하다. 때마다 가이드를 자처한 나는 열 번 이상 방문한 것 같다.

《탐라순력도》의 〈성산관일도〉는 바다, 성산일출봉, 우도를 한 폭에 담은 그림이다. 가만히 그림을 바라보다 문득 성산일출봉 꼭대기에 올랐을 때가 떠올랐다. 정말 여러 차례 방문했지만 대부분 초입에서 바다와 성산일출봉을 배경으로 사진만 찍고 금방 내려왔었는데, 어느 날인가 한 번은 꼭대기까지 올라가보기로 했다. 제주의 동쪽을 여행 중이었던 우리는 큰맘을 먹고 아침 일찍부터 성산일출봉을 오르기 시작했다. 늘 아래에서 올려다만 보았지 실제로 올라가는 것은 처음이어서 무척 설렜다. 하지만 설렘도 잠시 후회가 빠르게 밀려왔다. 정상으로 향하는 길에는 수많은 계단과 가파른 경사가 이어졌다. 힘들 것이라 생각하지 않았던 탓에 물도 챙겨 오지 않은 것이 후회스러웠다. 그러나 여기에서 포기하고 내려가기엔 그만큼 올라온 것이 아까웠다. 땀을 뻘뻘 흘리며 마침내 중턱에 도착했을 때, 제주 홍보 화면에 나올 것 같은 멋진 풍경이 펼쳐졌다. 마치 드론이 된 듯 멋진 경치를 눈에 담을 수 있었다. 빨갛고 파란 지붕을 가진 제주 농가들이 옹기종기 모여 있는 모습이 장난감처럼 작고 귀여웠고 바다는 푸르렀다.

오를수록 조금씩 세지던 바람은 정상에 오르자 대화가 어려울 만큼 강해졌다. 이미 정상에는 사람들이 여럿 있었다. 땀을 닦

고 쉬거나 풍경을 보며 멍하니 앉아 있거나 친구들과 사진을 찍는
등 저마다 다양하게 풍경을 즐기고 있었다. 나도 그들처럼 정상의
풍경을 만끽했다. 성산일출봉은 과연 성산의 모든 곳을 조망할 만
큼 높았다. 그 옛날에 왜 많은 신하들을 데리고 이 높은 곳까지 순
력을 왔는지 알 만했다. 이곳만큼 마을을 살피기 좋은 곳이 또 있
을까.

　작품을 완성하고 얼마 후 다큐멘터리가 방영되었다. 온 가족
이 티브이 앞에 옹기종기 앉아 함께 다큐멘터리를 시청했다. 다큐
멘터리의 제목은 〈제주의 기억을 걷다, 탐라순력도〉였다. 다양한
분야의 전문가가 나와서 자기만의 방식대로《탐라순력도》를 표현
하고 설명했다. 한 무용가는 그림을 주제로 춤을 추기도 했고, 학
술 전문가가 나와서 41폭의 그림의 학술적 가치를 차례로 소개하
기도 했다. 중반쯤 지나자 그림을 그리는 내 모습이 나왔다.《탐라
순력도》를 현대적으로 재해석해 기록의 의미를 표현하는 그림 작
가로 소개되었다. 한 달간의 작업이 편집 영상을 통해 빠르게 지나
가고 짧은 인터뷰가 이어졌다. 그리고 〈신성산관일도〉가 화면을
가득 메웠다. 옛 그림인 〈성산관일도〉와 기본 구도나 기법은 비슷
하되, 먹 위주의 원작과 달리 다양한 색을 넣어 재해석했다. 셀카

를 찍는 사람, 드론을 날리는 사람, 우도에서 전기차를 타는 사람 등 요즘 성산에서 볼 수 있는 모습들이 그림에 담겼다.

《탐라순력도》는 기록화의 일종이다. 그림을 3단으로 분할하여 가장 위에는 제목을, 중간엔 그림을, 아래쪽에는 글을 적었다. 이런 3단 구성은 요즘 사람들에게도 익숙하다는 생각이 든다. 우리도 SNS에 사진을 올리고, 제목을 태그하고, 설명의 글을 적는, 3단 구성의 게시물을 온라인에 올려서 일상을 '기록'하고 공유하기 때문이다.

기록의 다른 말은 추억이다. 우리는 추억하기 위해 기록을 남긴다. 그 기억이 소중하기 때문이다. 누군가 사진이나 영상으로 추억을 남기는 것처럼 나는 그림으로 나의 소중한 기억들을 기록한다. 그림은 그림을 감상하는 사람의 추억도 더듬어볼 수 있게 해준다. 카메라 성능이 날마다 좋아지고 영상 기술도 많이 발전했지만, 나는 사진이나 영상이 미처 다 담지 못한 감성과 시각을 그림에 담을 수 있다고 믿는다.

다큐멘터리라는 영상 기록 작품에 담긴 나의 모습을 보니, 나 또한 역사의 한 줄기 어디쯤에 서 있는 듯해서 기분이 묘했다. 내가 그리는 제주가 《탐라순력도》처럼 후대 사람들에게 제주를 기억하고 추억할 수 있는 그림으로 남을 수 있을까? 모두가 아닌, 단 몇 명이라도 내 그림을 기억해주면 좋겠다. 그리고 그 그림을 통해 과거가 될 현재를 추억할 수 있다면, 그림도 나도 제 역할을 한 것일 테니 보람되겠다.

*

나는 〈성산관일도〉 속 성산일출봉에 서서 제주를 바라보고 있다. 이형상 목사가 물었다. "이곳에 오르니 어떤가?" 나는 대답했다. "모든 것이 작고 소중하게 느껴집니다." 그러자 이상형 목사가 이렇게 말했다. "순력이라는 것은 본다는 것이고, 본다는 것은 관찰한다는 것이다. 관찰을 하려면 관심이 있어야 하고, 관심이 있다는 것은 애정이 있다는 것이다. 사랑 없이는 그 어떤 것도 제대로 볼 수 없다." 그 말에 나는 고개를 끄덕였다.
사람도 그렇다. 애정이 없이는 그 사람의 진면목을 볼 수가 없다. 나는 어떤 것을 그리기 전에 붓을 내려놓고 대상을 느껴본다. 그리고 사랑한다. 그래야 더 잘 표현할 수 있다. 화가 김남길이 제주를 그렸던 그 마음처럼.

그저 함께
꽃을 바라보는 것만으로도

예로부터 바다의 어부들은 파도가 일 때 하얗게 부서지는 포말을 '메밀'이라 불렀다고 한다. 새하얀 메밀꽃은 제주의 가을 들판을 가득 채우는 대표적인 꽃 중 하나다. 나도 제주에 와서 처음 안 사실인데, 메밀이라고 하면 이효석 작가의 단편소설 〈메밀꽃 필 무렵〉의 봉평이 유명하다고 생각하지만 실제 우리나라 최대 메밀 생산지는 제주도이다.

제주의 메밀꽃밭은 크게 두 곳이 유명하다. 먼저 가본 곳은 드라마 〈도깨비〉로 널리 알려진 보롬왓 메밀꽃밭이었다. 아름다웠지만 어쩐지 공원 조성을 위해 인위적으로 심어놓은 듯해서 감동이 크지 않았다. 그래서 남편과 나는 비교적 사람의 손이 덜 닿았다는 오라동의 메밀꽃밭으로 향했다. 지금은 리뷰도 많고 주차장도 잘되어 있어서 찾아가기 어렵지 않지만, 우리가 처음 갈 때만 해도 주소가 정확하지 않아서 마주치는 마을 사람들에게 물어물어 찾아갔다. 그래서였을까, 도착해서 만난 풍경은 더 큰 감동으로 다가왔다. 정비되지 않은 산길을 걷다 보면 갑자기 시야가 탁 트인 들판이 나타난다. 저 멀리 보이는 도시와는 전혀 다른 비현실적인 공간처럼 느껴지게 하는 건 들판 가득 흐드러지게 피어 있는 흰 메밀꽃이다. 하얀 물결이 끝없이 펼쳐져 있는 그곳은 그야말로 메밀꽃들의 향연이다. 정돈된 듯 정돈되지 않은 드넓게 펼쳐진 꽃밭 가운데 있는 그 순간이 마치 꿈처럼 느껴졌다.

메밀꽃의 꽃말은 '연인과 인연 그리고 사랑의 약속'이다. 드라마 〈도깨비〉에서는 메밀꽃 가득한 그곳에서 꽃다발을 내미는 장면이 나온다. 메밀과 도깨비의 연관성도 있겠지만 이런 메밀꽃의 꽃말 때문에 그런 명장면이 탄생했는지도 모르겠다. 한편으로 인연과 연인은 언뜻 비슷하게 들리지만 두 단어는 한자도 뜻도 완벽하게 다르다. '연인戀人'은 서로 사랑하는 관계에 있는 사람이란 뜻

〈메밀꽃밭에서〉, 25×25cm, 한지에 채색, 2017

이고, '인연因聯'은 어떤 만남에는 모두 그럴 만한 이유가 있다는 뜻이다. 그러니 연인에서 부부의 인연이 되는 것은 단순한 만남이 아닐 것이다. 아마도 사랑을 약속한 전생의 인연에 무한히 긴 시간이 쌓이고 겹쳐진 끝에 만들어진 귀하디귀한 만남일 것이다. 그러나 부부로 살다 보면 때론 연인이었을 때에 비해 서로에게 소홀해지기도 한다. 서로를 너무나 당연하게 여기며 살아가고 있는 것은 아닌지, 문득 우리를 되돌아봤다.

세상의 많은 연인처럼 우리는 열렬하게 사랑하고 연애를 하다가 결혼했다. 나는 그에게 분에 넘치는 사랑을 받았고 그 사랑은 지금까지도 변함없이 이어지고 있다. 만나는 동안 다툼도 거의 없었기에 나는 우리가 정말 천생연분이라고 생각했다. 그러나 연애와 결혼은 달랐다. 단맛보다는 쓴맛이 더 컸다. 연인이 아닌 서로의 인생을 책임져야 하는 부부 관계는 생각보다 어렵고 무거운 현실이었다. 사랑의 표현 방식도 달라졌다. 데이트 코스를 열심히 계획하고 선물을 주며 적극적으로 마음을 표현하던 남편은 결혼과 함께 가장이 되면서부터 더욱 열심히 일했다. 그래서 가끔은 무뚝뚝하고 지친 표정으로 나를 대했다. 그것 또한 사랑이었지만, 그것을 알기까지 내게는 너무나 많은 시간이 필요했다. 시간이 필요한 것은 그도 마찬가지였다. 연애 시절의 달콤한 말들은 사라지고 어느새 나의 말은 듣기 싫은 잔소리가 돼버렸다. 나의 말이 그의 안위를 진심으로 걱정하고 사랑하는 마음에서 나온 것이었음을 알기까지 그 또한 시간이 필요했다.

연인이 새로운 인연이 되는 과정은 해안가의 바위에 파도가 치는 것과 같았다. 진통은 계속됐고 우리는 쉽게 변하지 않을 것 같았다. 그러나 이런 부딪침 속에서 파도는 하얗고 아름다운 포말을 만들어냈고 바위 모양은 드디어 조금씩 바뀌기 시작했다. 시간이 지나고 하얗게 부서진 포말은 지금 우리 눈앞에 새하얀 메밀꽃으로 흐드러지게 피어났다. 우리는 이제 나란히 앉아 우리 앞의 풍경을 바라본다. 함께 만들어온 길이 우리를 더욱더 단단하게 묶어주고 지지해주리란 것을 이제는 안다. 그저 함께 그 꽃들을 바라보는 것만으로 우리는 많은 이야기를 주고받은 것 같았다. 때론 말이 아니라 눈빛으로 혹은 서로의 손을 마주 잡는 것으로도 상대의 마음을 알 수 있다. 우리는 그렇게 말 한마디 없이도 '내일 더 사랑하자'라고 진심을 담아 서로에게 약속했다.

*

검푸른 밤하늘을 칠하기 위해 쪽을 우린다. 냄비 한가득 밤하늘이 우러난다. 검푸른 쪽빛은 검은색과는 다른, 새벽을 닮은 희망의

색이다. 쪽빛을 하늘과 대지에 뿌린다. 한지가 쪽빛으로 물든다.

그리고 하늘을 밝혀줄 별과 달을, 땅에는 순백색의 메밀꽃을 피운다.

그 가운데 연인에서 인연이 되려는 두 사람을 담는다. 그녀의 손에는

메밀 꽃다발이 쥐어져 있다. 별인지 꽃인지 알 수 없는 것들이 사방에

눈처럼 휘날린다. 모두가 축복하는 그런 밤이다.

오늘도
폭삭 속았수다

처음 제주에 왔을 때 내가 아는 제주 말은 '혼저 옵서예'뿐이었다. 반대로 제주 사람들은 표준어를 무척 잘 썼다. 억양이나 말투로는 제주 사람인지 서울 사람인지 구분하지 못할 정도였다. 하지만 그들이 제주 말을 쓰기 시작하면 그 순간 귀가 먹먹해진다. 생전 한 번도 가보지 않은 나라의 언어처럼 단 한마디도 알아들을 수 없다. 다행히 나는 남편으로부터 제주 말을 자주 접할 수 있었다.

남편은 제주 사람들과 일하면서 자연스럽게 제주 말을 익히기

〈문자도 제주〉, 16×22.5cm(×2), 한지에 채색, 2016

시작했다. 그래서 나는 종종 남편을 통해 제주 말을 듣는데, 그때마다 무척 재미있다. 외국에서 현지어를 쓰면 친근하게 느끼듯 제주에서도 제주 말을 하면 제주분들이 더 친근하게 대해준다. 그래서 남편은 오일장에 가서 곤잘 "삼춘, 하영 줍서(아주머니, 많이 주세요)" 하며 애교를 부린다. 그러면 거짓말처럼 덤을 얹어주거나 값을 깎아주었다. 여기서 '삼춘'은 아주머니나 아저씨를 부르는 말인데, 부를 때마다 참 정감이 느껴지는 단어다.

제주의 지명과 마을 이름은 알면 알수록 재밌고 예쁘다. 언뜻 들으면 외국어처럼 들리지만 순 한글이거나 제주어인 경우가 많다. 예를 들어, 우리가 잘 알고 있는 섭지코지는 좁은 땅이라는 뜻의 '섭지'와 코끝에 튀어나온 모양이라는 뜻의 코지곶을 가리키는 제주 사투리 '코지'가 합쳐진 단어다. 제주 월평동의 옛 이름은 높은 곳에 있는 숲 또는 덤불 마을이라는 뜻의 '다라쿳'이다. 현재의 보목 지역을 가리키던 '볼레낭개'의 '볼레'는 보리를, '낭'은 나무 그리고 '개'는 바닷가를 뜻한다. 단어의 유래를 보면 보리장나무가 많았을 이곳의 예전 모습을 상상해볼 수 있다.

제주 사람들은 말할 때 억양이 세고 무뚝뚝한 편이어서 처음엔 오해를 많이 했다. 고맙다는 말도 잘 안 하고, 인사도 잘 안 받아주었다. 거기다 목소리는 어찌나 큰지 모르는 사람이 들으면 마치

272

싸우는 것 같다. 제주는 바람이 세서 사람들이 크고 강하게 말하게 되었다는 것은 여기 살면서 알게 된 사실이었다. 낯을 많이 가리고 마음을 쉽게 열지 않는 이유는, 외지 사람들로부터 생계를 위협당했던 일이 있었기 때문이라는 것 또한 나중에 알게 되었다. 제주 사람들은 낯선 이에게 살가운 말로 먼저 다가가지는 않지만 고맙거나 미안한 일이 있을 땐 반드시 행동으로 표현하는 곰살맞은 데가 있다. 외국에 살았을 때 배운 것이 하나 있다. 그 나라의 언어나 문화를 이해하지 않고서는 그곳에서 잘 지낼 수 없다는 것이다. 그래서 가끔 외지인이라고 선을 긋는 것이 느껴지거나 괸당 문화＊ 같은 것이 느껴질 때에도 꾹 참고 좀 더 노력해보자고 생각했다. 그렇게 제주인들의 삶을 조금씩 이해하기 시작하면서 장점도 많이 발견할 수 있었고, 그들이 가진 슬픔에도 다가갈 수 있었다. 아는 만큼 보인다고 했던가, 어느 시점부터인가 내 눈엔 척박한 섬에서도 자신의 몫을 다하며 늘 부지런히 사는 제주 사람들이 보였다. 그리고 4·3사건과 같은 역사적 아픔을 듣고 가슴으로 울기도 했다. 그러자 신기하게도 제주가 더 좋아지고, 적응 속도도 한층 더 빨라졌

＊ 괸당 문화 : '괸당'은 '권당(眷黨)'에서 비롯된 말로, 친인척을 뜻하는 제주 방언이다. 혈연과 지연으로 똘똘 뭉친 섬 지역 특유의 정서를 일컫는다.

다. 물론 아직 누군가 우리에게 제주에 온 지 얼마 안 된 풋내기라 거나 곧 떠날 육지 것들이라고 말할지도 모르겠다. 하지만 내가 제 주를 사랑한다는데 누가 뭐라 한들 무슨 상관일까. 사랑에는 그 기 간이나 이유가 중요하지 않다. 마음의 중심을 잃고 방황하던 내게 제주는 기꺼이 새로운 고향이 되어주었고, 나는 그런 제주를 사랑 하게 되었다.

점점 사라지고 있는 제주의 독특한 문화와 언어가 잘 보존되 었으면 좋겠다. 여전히 제주 말도 익숙하지 않고 문화나 역사에 대 해 모르는 것투성이지만 한지에 먹물이 번지듯이 제주가 내 안에, 내가 제주에 서서히 스며드는 것이 느껴진다. 언젠간 지나가는 삼 촌들에게 용기를 내 말해보려고 한다. "삼춘들! 오늘도 폭삭 속았 수다."*

* 폭삭 속았수다 : '수고하셨습니다'라는 뜻의 제주 방언.

274

초록으로
우거진 숲에서

예전에도 자주 제주를 여행했지만 곶자왈에 대해서는 잘 알지 못했다. 그렇게 조금 거리감이 있던 곶자왈을 제대로 알게 된 것은 제주에 살면서부터였다.

곶자왈은 숲을 뜻하는 고유한 제주어 '곶'과 나무와 덩굴이 마구 엉켜 수풀과 같이 어수선하게 된 곳을 의미하는 '자왈'의 합성어다. 과거에 이곳은 가시덤불로 가득해서 쓸모없는 땅이라 여겨져 사람들의 발길이 닿지 않는 곳이었다. 그 덕분에 지금은 인간의 손이 타지 않은 날것 그대로의 자연을 느낄 수 있는 제주의 명소가 되었다.

오랜만에 딸을 보러 제주를 찾은 아버지를 모시고 '환상의 숲'으로 불리는 곶자왈에 갔다. 시간을 맞춰 간 것은 아니었는데 운이 좋게도 숲 해설가의 해설을 들을 수 있었다. 이곳은 원래 건강이 좋지 않았던 이곳 대표님이 자주 걷던 평범한 산책길이었다고 한다. 이 길을 걸으며 건강을 회복했고, 다른 사람들에게도 치유의 힘을 전하고 싶어서 오랜 기간 손수 가꾸고 다듬어 지금의 곶자왈 공원을 만들었다는 이야기였다. 사연을 듣고 보니 단순한 사유지라고 생각되었던 숲의 모습이 좀 더 입체적으로 다가오는 것 같았다.

초록이 묻어나는 시원한 공기를 들이마시며 숲의 안쪽으로 걸어 들어갔다. 다양한 식물과 나무덩굴들을 볼 수 있었다. 돌 틈새에서 자라난 나무도 있었는데 그 모습이 어쩐지 뭉클했다. 인위적으로 조성된 도시의 숲이나 공원의 잘 정돈된 나무가 아닌, 자연법칙 속에서 생존을 위해 치열하게 자기 자리를 지키는 나무에게서 강한 생명력이 느껴졌다. 빛을 따라 영양분을 따라 이리저리 몸을 비틀며 자라난 나무들은 얽히고설켜 살아가는 인간의 모습과도 닮아 있었다. 그 강인함과 절실함에 연민의 감정이 들기도 하고 동시에 경외감이 들기도 했다.

〈yellow age 곶자왈에서〉, 53×73cm, 한지에 채색, 2017

숲 해설사님의 안내에 따라 잠시 한곳에 멈춰서 숨골에 대한 설명을 들었다. 숨골은 돌과 돌 사이 특정한 틈에서 바람이 나오는 곳인데, 여름엔 시원한 바람이 겨울엔 따뜻한 바람이 나와 일정한 온도를 유지한다고 했다. 그 덕분에 숨골 주변은 남방한계 식물과 북방한계 식물이 함께 공존하는, 세계에서도 유일한 곳이라고 했다. 문득 나에게 숨골로 비유할 수 있는 것은 무엇일까 생각해보았다. 아마도 나의 숨골은 제주가 아닐까.

탐방이 끝나갈 무렵 해설사님이 게임을 하나 제안했다. 간격을 두고 둥글게 선 다음 한 명씩 순서대로 나무 이름을 이야기한 뒤 나무 흉내를 내는 게임이었다. 이후에 해설사님이 몇몇을 지정해 자리를 바꾸고 옆 사람의 손을 잡게 했다. 그러자 둥글었던 대열이 흩어지고 사람들의 팔이 이리저리 꼬였다. 이 특별할 것 없는 게임에도 아버지는 재미있어하셨다. 그 모습을 보니 나도 절로 웃음이 났다. 그렇게 즐거운 분위기 속에서 게임이 끝났다. 해설사님은 탐방객들을 향해 힘들었는지 묻고는, 답을 기대한 질문이 아닌 듯 곧바로 말을 이어갔다. 나무도 원래 있던 자리에서 뽑히거나 이리저리 옮겨 심어지면 무척 아프고 힘들다고, 인간의 욕심으로 자꾸 손을 대면 자연은 결국 망가지게 될 것이라고 했다. 웃고 떠들던 사람들이 일순간 침묵했다. 자연은 우리에게 자신을 가만히 두라고 하는데 우리는 그것이 늘 어렵다.

곶자왈은 제주 토지 면적의 6퍼센트를 차지하고 있을 뿐이지만, 제주 지하수의 60퍼센트를 차지하고 있다. 지하수의 원천이자 제주의 허파로 불리며 풍부한 산소를 공급하는 곶자왈은 지질학적으로나 생태학적으로나 무척 중요한 곳이지만, 무분별한 개발로 점차 훼손되어가고 있다.

나는 환경운동가도 아니고 자연을 보호하는 방법에 대해 잘 알지 못하지만, 제주를 사랑하는 마음이 깊어질수록 제주의 자연이 훼손되는 것을 볼 때마다 함께 아프다. 우리가 우리의 방식대로 살아가듯 자연도 자연의 방식대로 자유롭게 살아갈 수 있으면 좋겠다. 자연은 우리의 도움을 필요로 하지 않는다. 만약 우리가 자연에게 해줄 수 있는 일이 있다면 그것은, 자연이 자연다울 수 있도록 그저 내버려두고 지켜봐주는 것이 아닐까.

*

바닥에 떨어진 하얀 꽃을 주워 손에 올려놓고 눈을 감는다. 나무 한 그루가 되어본다. 손끝과 발끝 사이로 초록빛 치유의 에너지가 들어온다. 자연에 작은 목소리로 속삭인다.

"고마워, 이젠 우리가 지켜줄게."

우리는 숲이 필요하지만, 숲은 사람을 필요로 하지 않는다.

자연을 존중하는 '좋은 사람'이 되어야지만 숲을 걸을 수 있다.

— 제주 곶자왈 숲 지기, 이지영 *

* 전지혜, 「〈사람들〉 곶자왈 '숲 읽어주는 여자' 이지영씨」, 『연합뉴스』, 2015.7.28.

달이 머무는 바다
월정리

달이 머무는 곳이란 예쁜 이름을 가진 월정리. 그곳에는 달이 머물다 가는 에메랄드빛 해변이 있다. 고래 떼가 종종 나타나는 이 고즈넉한 바다를 제주 최고의 바다로 꼽는 이도 많다. 그리고 그곳 엔 바다가 보이는 자그마한 카페가 있다. 카페의 인테리어라고는 한지로 만든 커다란 고래와 바다를 담은 야외 창 하나가 전부지만 그 소박한 마음은 카페를 찾는 모든 이들에게 충분히 와닿는다. 작 은 카페와 맑은 바다가 있는 월정리는 예술인들에게 꾸준히 사랑받는 동네였다. 달 아래 많은 예술인들이 모여서 춤추고 노래하는 모습을 종종 볼 수 있는 아름다운 곳이 바로 월정리였다.

그러던 어느 날 슬픈 소식을 접했다. 죽은 밍크고래가 월정리 앞바다에 떠내려왔다는 내용의 기사였다. 고래의 죽음도 슬펐지만 월정리의 변한 모습에 마음이 쓰렸다. 언젠가부터 유명 관광지가 된 월정리는 시름시름 앓고 있었다. 토박이 상인과 예술인들은 월정리의 비싼 임대료를 버티지 못하고 그곳을 떠났다. 관광객을 대상으로 우후죽순 들어선 편의시설들은 맞지 않은 옷을 입은 사람처럼 어색해 보였다. 월정리는 관광객과 차들이 가득하고 분주한 곳이 됐다. 곳곳에는 쓰레기가 쌓였고, 바다는 눈물을 파도처럼 쏟아낼 뿐이었다.

이후로 나는 한동안 월정리에 발걸음을 하지 않았다. 그렇게 잊혔던 월정리를 몇 년 후 우연히 다시 찾았다. 가끔 생각이 났던 그 작은 카페는 사라지고 없었다. 유명 프렌차이즈 카페로 바뀌었고 야외 창만이 전리품처럼 덩그러니 남아 있었다. 뭐라 설명할 수 없는 슬픔이 느껴졌다. 나는 쓸쓸히 카페 의자에 앉아 바다를 바라보았다. 우리가 잃어버린 건 그저 하나의 카페가 아니었다. 우리가 잃어버린 것은 아름다운 동네와 추억 그리고 자연스러움이었다.

〈고래가 될〉, 32×32cm, 한지에 채색, 2017

제주에서 산 지도 벌써 5년이 넘었다. 처음 제주에 왔을 때만 해도 모든 것이 참 불편했더랬다. 그러나 그 불편함은 우리에게만 불편했던 것이지 자연에게는 편안함이었을 것이다. 개성 넘치는 작은 가게와 예술가들이 교류하는 푸르른 섬 제주는 내게 늘 아름다운 보물섬이다. 단순한 비유가 아니라 실제로도 제주라는 보물섬을 노리는 이들이 많다. 그래서 제주에는 종종 소란이 일어나곤 한다.

몇 년 전, 내가 살던 강정마을에 해군기지가 들어온다는 소식이 들려왔다. 강정천이 군사전략상 좋은 요충지이기 때문이라는 설명이 따라왔다. 그러나 그곳은 환경적으로도 꼭 지켜져야 하는 곳이기도 했다. 설립을 반대하는 사람들이 모여 평화 시위를 벌였다. 시위에 참가한 마을 주민들을 보상 문제로 이권 다툼을 하는 사람들로 치부하는 시선도 있었지만, 이들이 오랜 시간 살았던 자신들의 터전을 갑자기 뺏기게 된 것도 사실이었다. 무엇보다 환경을 파괴하며 마을 주민들과 합의 없이 밀고 들어오는 행태는 비판받아 마땅했다.

주민들은 무력이 아닌 예술과 평화를 모토로 평화 시위와 축제를 열었다. 그곳에서 열린 평화 마켓에 나도 참가했다. 아프리카 어린이를 돕기 위해 만들었던 책과 그림을 판매했다. 축제를 찾은 이들은 지구 저편에 있는 어린이 돕기에도 자신의 일인 양 열성적이었다. 이곳의 모두가 한마음으로 평화를 노래하고 염원했다. 그런 노력에도 불구하고 갈등은 오랜 기간 지속됐다. 결국 해군기지가 들어오는 것으로 결론이 나고 시위대는 해체되었다. 아름답고 조용했던 마을에는 태풍이 할퀴고 간 것처럼 찢어진 시위대의 현수막과 초소가 덩그러니 남았다.

그로부터 시간이 지나 이번엔 비자림의 일부를 밀어서 도로를 만든다는 소식이 들려왔다. 오랜 세월 그곳을 지켜온 나무들이었다. 덜컥하고 가슴이 답답해졌다. 이 답답하고 안타까운 마음을 담아 그림을 그렸다. 그리고 비자림의 안타까운 소식을 SNS에 알렸다. 얼마 뒤 어떤 분께서 이 작품을 구매해주셔서 판매금의 일부를 비자림에서 환경운동을 하는 분들께 후원금으로 보냈다. 언론과 도민들의 거센 반대에 부딪쳐 현재 공사는 중단된 상태다.

그 후에도 제2공항을 만든다든지 곶자왈에 사파리를 만든다든지 하는 환경을 훼손하는 일들이 제주 이곳저곳에서 계속 일어나고 있다. 이렇게 모든 것이 빠르게 변화하고 사라지는 것이 안타깝다. 세상에는 변하지 않아도 좋을 것들이 있다. 가치 있는 것들은 때론 그 존재 자체로 충분히 빛이 난다. 내게 제주가 그렇다. 제주의 자연과 문화는 그 자체로 아름답다. 더 이상 변하지 않았으면

하는 마음으로 열심히 과거의 제주와 지금의 제주를 그린다. 그것
이 내가 제주를 지키는 유일한 방법일 테니.

*

먹물을 쏟은 것 같은 까만 밤하늘에 별인지 한치잡이 배의 불빛인지
알 수 없는 빛들이 가득하다.
웃는 눈을 가진 예쁜 초승달이 까만 월정리 바다 위에 느긋하게
머물러 있다. 보라색 고래가 그 곁을 유유히 헤엄치고, 아니
날아다니고 있었다. 귀에 꽂고 있던 이어폰에서는 마침 무중력 소년의
노래 〈월정리블루스〉가 잔잔히 흘러나왔다.

❀

붉은 고래 헤엄치는 / 여름 가을의 달파도
세찬 겨울 모래바람 노래 / 지켜보는 봄
조용히 바다를 만나러 가는 / 민물줄기처럼
그저 머무를 뿐이라네 //
저 달이 바달 끌어 안았다 / 부끄럽다
바다는 볼에 달을 띄운다 / 짓궂다
바람이 바달 흔들어 놀린다 / 쑥스럽다

바다는 넘실넘실 춤춘다 //

달빛의 전설 바다 / 일렁이며 그 자리

못 잊어 오고 가도 / 아무도 말이 없다

달아 달아 바다 위에 멈춘 달아

바다 바다 달이 머무는 바다

— 무중력소년, 〈월정리블루스〉(2013)

공존의
제주

제
주
도
圖

그림을 위해 자료를 찾다가 우연히 제주의 고지도를 본 적이
있다. 카메라가 없던 그 시절에 그렇게 꼼꼼히 기록한 것을 보면
그때 사람들도 제주에 대한 애정이 대단했던 것 같다. 문득 이런
생각이 들었다. '지금의 제주를 그림으로 옮겨보면 어떨까?' 제주
이곳저곳에 흩어져 있는 기억의 조각들을 한데 모아보는 흥미로운
작업이 될 것 같았다. 그렇게 '그림 도圖' 자를 쓴 나만의 제주도를
그리게 되었다.

〈제주 도圖〉는 '기억의 지도'이기 때문에 계절도 시간도 형식도 존재하지 않는다. 오직 나의 경험에 따라 대상이 정해지고, 기억의 선명도에 따라 대상의 크기가 정해진다. 이런저런 나만의 기준에 따라 자유롭게 그리고 보니, 민화 속 십장생이나 무릉도원과 비슷해 보였다. 온갖 아름다운 것들을 기억 속에서 꺼내어, 총천연색의 예쁜 파스텔 빛깔로 담아냈으니 그렇게 보일 만도 했다.

나에게 제주는 따스한 빛으로 가득한 빛의 섬이다. 우리나라에서 제일 먼저 봄꽃을 볼 수 있는 곳, 달콤한 열대 과일이 자라나는 곳. 내가 느끼는 따스함은 비단 남쪽 섬 특유의 따뜻한 날씨 때문만은 아니다. 평범한 날에 길을 걷다가 만나는 털빛 고운 새들과 들판을 뛰어다니는 노루가 있어서 따스하고, 마을마다 주렁주렁 노랗게 열린 귤이 있어서, 계절마다 곳곳에 피어나는 다양한 색깔의 꽃들이 있어서 따스하다. 까만 돌담 사이에 수줍게 걸린 분홍빛 노을도 따스하다. 이것으로도 이미 충분한데, 친할아버지 같은 따뜻한 미소를 가진 돌하르방, 마당에서 낮잠 자는 개와 고양이도 나의 마음을 따스하게 덥힌다. 따스한 것들이 너무 많아서, 사랑할 이유가 너무 많아서, 나에게 제주는 파스텔빛 그 자체다.

그러나 또 한편으로 제주도는 부드럽고 온화한 컬러와 어울리지 않을지도 모르겠다. 실제 제주의 자연은 파스텔보다는 선명

〈제주 도﨤〉, 184×66cm, 한지에 채색, 2018

한 원색을 띠고 있는 경우가 더 많고, 콩깍지를 한 겹 벗긴 제주의 삶은 생각보다 어둡고 칙칙한 컬러에 가깝다. 그러나 나는 그림이라면 현실과는 좀 다른 색인 편이 더 좋지 않을까, 그림에서만큼은 사랑스러운 파스텔 컬러로 채워보면 어떨까, 라는 생각을 한다. 그래서 나는 모두의 삶이 예술을 통해 조금 더 밝아지고 조금 더 부드러워지길 바라는 마음으로 파스텔 컬러의 그림을 그린다.

그러나 때때로 파스텔 톤의 제주가 그저 꿈같이 느껴질 때도 있다. 누군가에게 제주는 휴양지겠지만, 우리에게 삶의 터전인 이곳엔 여러 현실적인 문제가 도사리고 있다. 전국에서 물가가 가장 높고 임금은 가장 낮은 곳. 가겟세와 집세마저 천정부지로 올라 철새처럼 이곳저곳으로 쫓겨 다니며 이사하는 사람도 많고, 그것을 버티지 못해 육지로 다시 돌아가는 사람들도 허다하다. 땅값이 오르고 개발이 가속화되니 원주민의 삶도 편안하지 않다. 일부 땅투기에 열을 올리는 사람이 있지만, 얼마를 준다 해도 조상 대대로 살아온 땅을 팔 생각이 없다는 이들도 많다. 이들에겐 땅값이 얼마며 어디가 개발된다더라 하는 소식은 동네 시끄러운 일일 뿐이다. 그들 대부분은 언제나처럼 새벽에 일어나 부지런히 귤 농사를 짓고, 해녀복을 꿰어 입고 거친 바다로 향한다.

이 작은 섬 안에서도 갈등이 계속 일어난다. 한때 강정동에 살 았었는데 이곳을 떠올릴 때면 가끔 강정해안에 '구럼비'라는 이름 으로 불리던 바위가 생각난다. 민물 용천수가 나오는 소중한 자연 유산이었지만 이 바위가 발파된 지도 벌써 5년이 지났다. 평화롭 고 조용했던 마을은 제주에서 가장 떠들썩하고 슬픈 마을이 되고 말았다. 그 외 제2공항 건설, 곶자왈 훼손, 해안 매립 등의 난개발 이 제주 곳곳에서 일어나고 있다. 좋아하던 곳들이 하나씩 사라지 고 망가져가는 모습을 보는 건 소중한 이가 갑자기 떠나버린 것처 럼 가슴이 아프다.

제주는 육지 사람들이 와서 자연을 느끼고 쉬어 가는 휴식처 이며 이곳의 동식물과 도민에겐 삶의 터전이다. 모두가 제자리에 서 평화롭게 공존할 때 자연은 더 아름다울 수 있다. 무분별한 개 발과 이주민과 원주민 사이의 분쟁이 자연과 공존하는 삶의 균형 을 무너뜨린다. 나는 그런 제주가 안타깝다.

색색의 꽃들이 계절의 시작을 알리고, 눈이 시리도록 푸른 바 다와 초원 그리고 싱그러운 숲이 끝없이 펼쳐지는 곳. 말과 노루, 돌고래와 꿩 등의 동물을 생각보다 더 자주 만날 수 있는 곳. 동네 의 개나 길고양이도 행복해 보이는 곳, 제주. 자연과 더불어 부지런히 살아가는 사람들과 자연의 품이 그리워 이곳을 찾는 사람들로 인해 제주는 언제나 활력이 넘친다.

나의 그림 속 제주는 그 어떤 아픔도, 척박함도, 쓸쓸함도 없다. 파스텔빛으로 밝게 빛난다. 제주의 실제 모습은 이런 빛깔이 아닐지도 모른다. 어쩌면 〈제주 도圖〉는 나의 이상향을 그린 것인지도 모르겠다. 자연과 동물 그리고 인간이 모두 조화롭게 행복한, 내가 꿈꾸는 '공존의 제주'는 어쩌면 제주인들이 마음속에 그리고 있는 전설의 유토피아 '이어도'와 닿아 있는 것은 아닐까, 하고 생각했다. 나는 오늘도 모두가 평화로운 공존의 제주를 꿈꾼다. 나의 사랑하는 제주가 모두의 파스텔빛 파라다이스로 남길 바라며….

＊

혼자 가면 빨리 이룰 수 있지만 빨리 지친다. 함께 가면 더 오래도록 행복할 수 있다. 그것이 내가 제주에서 배운 교훈인 '공존공영'＊이다.

＊ 공존공영(共存共榮) : 함께 살고 함께 번영함.

294

나의 무릉도원을
찾아서

무릉도원 제주

무릉도원*은 중국의 오래된 이야기에서 나오는 말이다. 중국 동진 시대의 시인인 도연명의 〈도화원기〉에 나오는 내용으로, 무릉이란 지역에서 민물고기를 잡으며 사는 어부의 이야기다.

어부는 평소처럼 물고기를 잡기 위해 계곡을 찾았다. 점점 깊숙이 들어가다가 우연히 복숭아나무와 꽃이 가득 피어 있는 곳을

---

* 무릉도원(武陵桃源) : 복숭아꽃이 만발한 낙원이나 아름답고 평화로운 별천지를 뜻함.

만나게 된다. 그 복숭아 숲을 계속 따라가다 보니 희미한 빛이 새어 나오는 작은 동굴이 보였다. 어부는 배를 잠시 대고 빛을 따라 그 작은 동굴 안으로 들어갔다. 그곳은 평탄하고 드넓은 대지에 논밭과 연못이 있고 여러 나무와 식물들이 가득했으며 다양한 동물들의 울음소리가 들려오는 곳이었다. 사람들 역시 어부의 세상 사람들과 비슷했다. 그러나 그들은 시간도 잊고 바깥 세상과 동떨어진 삶을 살고 있었다. 어부의 존재를 알아차린 마을 사람들은 그 어부에게 이곳을 나가거든 마을에 대해 말하지 말라고 당부하였다. 마을 사람들과 약속한 어부는 다시 바깥으로 나왔다. 이후 어부가 그곳을 다시 찾아갔으나 다시는 찾을 수 없었다고 한다.

무릉도원의 시초가 된 이 이야기는 우리가 상상하는 무릉도원에 비하면 참으로 소박하고 평범하다. 그러나 생각해보면, 전란과 극심한 정치적 혼란이 가중된 시대에, 사람들이 간절히 원하는 이상향의 모습은 화려하거나 특별하지 않을 수도 있을 것 같다. 소박한 무릉도원의 모습은 그저 편안하고 평범한 일상을 꿈꿨던 당시 사람들의 바람이 투영된 것은 아닐까. 현대에도 잡히지 않는 꿈을 좇으며 사는 이들이 많다. 눈앞에 값지고 소중한 일상이 놓여 있는데도 어딘가에 있을 무릉도원을 찾아 헤매며 산다. 그러나 무릉도원은 가장 평범하고 가장 일상적인 곳에 있다. 나에게 무릉도

〈무릉도원 제주〉, 44×44cm, 한지에 채색, 2019

원은 이곳 제주에서 우리 가족과 함께하는 지극히 평범한 나의 일상이다.

얼마 전 아버지가 우리 곁으로 오셨다. 늘 당당하고 자신만만하던 아버지는 귀가 들리지 않게 되어 하시던 사업을 더는 못할 것 같다는 말씀을 하셨다. 가슴이 철렁했다. 온갖 고생을 하며 자수성가한 아버지를 존경하고 있었는데 건강 때문에 일을 그만두게 되신 것이 속이 상했다. 그러나 한편으로는 이제는 손녀의 재롱도 보고 본인이 하고 싶은 것도 하면서 지내셨으면 했다. 그렇게 아버지는 우리와 함께 소소한 제주 생활을 하며 살기로 했다. 어떤 마음의 변화가 있었는지 나는 모른다. 분명한 건 아버지가 생각하는 무릉도원이 바뀌었다는 사실이다. 아버지는 다시 한번 부지런히 새로운 무릉도원을 건설하기로 하신 것이다.

내 마음속 무릉도원은 현실을 벗어난 어느 동굴 속 이야기가 아닌 지금 내가 살고 있는 현실과 일상이다. 가족 모두가 건강하고 할 수 있는 일이 있고 자연과 조용히 더불어 사는 삶. 그곳이 내게 무릉도원이다. 사라지지 않을 나만의 무릉도원을 만들기 위해 나는 오늘도 열심히 고군분투 중이다. 인간이기에 자꾸만 욕심이 생기고 조바심도 난다. 아기가 생기니 더욱더 그런 감정이 커진다.

그러나 마라톤이 그러하듯 인생은 전반전보다 후반전이 더 중요하다. 지치지 않고 끝까지 안전하게 완주하는 것이 무릉도원으로 향하는 유일한 지름길이자 정도正道임을 스스로에게 늘 되새긴다.

*

다른 사람이 만들어놓은 무릉도원을 기웃거리고 있다면 잠시만 멈추고 내 안에 있는 무릉도원을 가만히 살펴보자. 그 모습이 생각보다 더 아름답거나 혹은 견고하게 만들어지고 있을 것이다.

그림 같은 삶, 삶이 그리는 그림

프리다 칼로, 천경자, 모드 루이스… 내가 좋아하는 화가들. 이들에게 공통점이 있다면 모두 여자 화가이고 자신의 삶을 그림 속에 담아낸다는 데 있다. 우리는 그 그림 속에서 그들의 삶을 발견하고 공감하며 위로받는다. 더 나아가 그곳에서 희망을 찾기도 한다. 그래서 나는 나의 삶이 그림이 되고 그림에 삶을 그리는 그런 인생을 꿈꾼다.

나의 그림 속 이야기들은 나의 생생한 삶의 이야기이자 기억의 조합이다. 제주도, 고양이, 민화, 남편, 가족, 친구들… 기억의 편린과 내가 사랑하는 것들을 꿰어 그림과 글로 묶어냈다.

글쓰기와 그림 그리기는 연필과 지우개, 붓과 물감을 사용한다는 차이점을 제외하고 꽤 많은 공통점을 가지고 있다. 이미지와 대략적인 느낌만으로 뿌옇던 이야기들이 단어를 만나며 선명해지는 느낌이 들었다. 그것은 무척 어려운 과정이었지만 설레고 신나는 일이었다.

3년 전 이맘때쯤, 오랜 외국 생활을 마치고 남편과 내가 돌아온 곳은 고향도 가족들이 있는 곳도 아닌, 우리가 꼭 한번 살아보고 싶었던 제주도였다. 제주에 사는 동안 나는 제주에게서 많은 선물을 받았다. 자연에게서 받은 위로, 깨달음, 아름다운 추억 그리고 새로운 가족들을 이곳 제주에서 맞이하게 되었다. 고양이 도롱이와 우리 딸 예봄이, 함께 살게 된 시부모님과 아버지 그리고 먼 곳에 있지만 늘 위로와 응원을 전해주는 미국의 가족들까지. 이 자리를 빌려 우리의 제주에서의 삶을 지지해주고 물심양면으로 도움을 준 가족 모두에게 감사의 인사를 전한다.

제주에게서 받은 가장 고마운 선물은, 진짜 나를 발견하고 스스로를 온전히 바라보게 된 것이다. 이 보이지 않는 선물을 글을 읽고 계신 여러분께 보여드리고 싶었다. 한지에 번져 들어가 따뜻한 색을 내뿜는 민화처럼, 까만 잉크가 종이에 스며 온기를 담은 문장이 되듯, 나의 선물이 여러분의 가슴속에 예쁘게 스미길 바라본다.

　　　　　　　　　　　　　　　　　　제주 작업실에서
　　　　　　　　　　　　　　　　　　화가 루씨쏜 드림

　　한지에 그림을 그리는 사람이라면 글도 한지에 쓴다고 믿어요. 한지에 써낸 문장들은 질기고 부드러운 질감으로 발현될 테지요. 구김조차 멋스러운 한지에 표현된 제주는 어떤 섬일지 궁금하지 않으신가요. 아무도 손대지 않은 순정한 자태만으로도 한지의 존재감은 아찔하기만 한데, 그 위에 그녀의 붓질이 닿아 채색된 제주는 얼마나 아름다울까요.

　　여행으로 느낀 제주는 넓어서 경이롭지만 거주하면서 느낀 제주는 깊어서 말문이 막힙니다. 그 깊이를 아는 그녀가 제주의 속삭임을 글과 그림으로 표현해냈지요. 그녀가 제주에 산다는 사실이 나는 좋아요. 그녀는 혼자가 아니기에 나보다 제주를 아름답게 본다는 사실도 좋아요. 그녀의 세상이 은은하고 달콤하며, 풍요롭고 간지러워서 좋아요.

이원하 시인*

---

*　시집 『제주에 혼자 살고 술은 약해요』와 산문집 『내가 아니라 그가 나의 꽃』이 있다.

고양이 부부
오늘은 또 어디 감수광
ⓒ 루씨쏜, 2021

초판 1쇄 인쇄일 2021년 11월 2일
초판 1쇄 발행일 2021년 11월 15일

글·그림	루씨쏜
펴낸이	정은영
편집	이현진 김정은 정사라
마케팅	최금순 오세미 김하은
제작	홍동근

펴낸곳	(주)자음과모음
출판등록	2001년 11월 28일 제2001 - 000259호
주소	10881 경기도 파주시 회동길 325-20
전화	편집부 (02)324-2347 경영지원부 (02)325-6047
팩스	편집부 (02)324-2348 경영지원부 (02)2648-1311
이메일	munhak@jamobook.com

ISBN   978-89-544-4763-8 (03810)